日雇い浪人生活録㈤

金の邀撃《ようげき》

上田秀人

時代小説文庫

角川春樹事務所

主な登場人物

諫山左馬介《いさやまさまのすけ》……親の代からの浪人。日雇い仕事で生計を立てていたが、分銅屋仁左衛門に仕事ぶりを買われ、月極で雇われた用心棒。甲州流軍扇術を用いる。

分銅屋仁左衛門《ふんどうやにざえもん》……浅草に店を開く江戸屈指の両替屋。夜逃げした隣家（金貸し）に残された帳面を手に入れたのを機に、田沼意次の改革に力を貸すこととなる。

喜代《きよ》……分銅屋仁左衛門の身の回りの世話をする女中。少々年増だが、美人。

加賀屋《かがや》……江戸有数の札差。分銅屋と敵対し、久吉らをさし向ける。

徳川家重《とくがわいえしげ》……徳川幕府第九代将軍。英邁ながら、言葉を発する能力に障害があり、側用人・大岡出雲守忠光を通訳がわりとする。

田沼主殿頭意次《たぬまとのものかみおきつぐ》……亡き大御所・吉宗より、「幕政のすべてを米から金に移行せよ」と経済大改革を遺命された。実現のための権力を約束され、お側御用取次に。

お庭番……意次の行う改革を手助けするよう吉宗の命を受けた隠密四人組。明楽《あけら》飛騨《ひだ》、木村和泉《いずみ》、馬場大隅《おおすみ》と、紅一点の村垣伊勢《むらがきいせ》（＝芸者加寿美《かすみ》）。

安本虎太《やすもととらた》、佐治五郎《さじごろう》……目付の芳賀と坂田の支配下にあり、独自に探索も行う徒《かち》目付。

佐藤猪之助《さとういのすけ》……南町奉行所定町廻り同心。御用聞きの五輪《いつわ》の与吉《よきち》に十手を預ける。

目次

第一章　襲撃の前　7
第二章　一夜の策　67
第三章　それぞれの戦　130
第四章　最後の手立て　189
第五章　目付の独立　249

江戸のお金の豆知識⑤

一両小判、各時代の金の含有量

江戸時代に流通していた金貨、小判。大判が贈答や褒賞のための特別な貨幣であるのに対し、取引用の通貨で、貨幣制度の全国統一を目指していた徳川家康によって作られた。1枚1両の定位貨幣。元禄以降、頻繁に改鋳が行われた。正徳・享保の改鋳を除き含有量は減らされていき、幕府はその差益を財政難の解消に充てていた。小判の品位は幕府の機密扱いとされた。

呼称（鋳造期間）	重量	金の含有量	鋳造数
慶長小判（1601～1695）	17.73g	84.3~86.8% *1	14,727,055両
元禄小判 *2（1695～1710）	17.81g	57.4%	13,936,220両
宝永小判（1710～1714）	9.34g	84.3%	11,515,500両
正徳小判（1714）	17.72g	84.3%	213,500両
享保小判（1714～1736）	17.78g	86.8%	8,280,000両
元文小判（1736～1818）	13.00g	65.7%	17,435,711両
文政小判（1819～1828）	13.07g	56.4%	11,043,360両
天保小判（1837～1858）	11.20g	56.8%	8,120,450両
安政小判（1859）	8.97g	56.8%	351,000両
万延小判 *3（1860～1867）	3.30g	56.8%	625,050両

*1 金の品位（貨幣に含まれる金の割合≒含有量）の定められた数値を守るようにとの幕府からの指導に応えるため、重量は変わらないまま、次第に含有量が上がっていってしまったと考えられている。

*2 発掘量の減少や海外流出で金が不足するなか、品位が大幅に減らされた。一方、改鋳による貨幣量の増加により経済は活発化し、元禄文化が花開いた。

*3 慶長小判の17.73gから3.3gまで小さくなった小判は「雛小判」とも言われた。明治7年（1874）に通用廃止。

※この表は、複数の資料をもとに作成したものです。

日雇い浪人生活録◇五

金の邀撃《ようげき》

第一章　襲撃の前

一

天下の城下町江戸は常に拡《ひろ》がり続けていた。

人が集まるところ、金も集まる。さすがに商都大坂ほど派手な相場が立つわけではないが、それでも江戸で動く金は大きい。

だが、その金は天下の主たる武家のもとにはない。金のほとんどは商家が握っていた。いや、正確には豪商と名刹《めいさつ》と呼ばれる大寺院が支配していた。

「期限は参っておりますがの」

寛永寺《かんえいじ》の宿坊別乗院《べつじょういん》住職逸応《いつおう》が、眉間にしわを寄せた。

「わかっておりまする。わかってはおりまするが、今年の米の穫《と》れ高《だか》が思わしくなく……」

逸応の前で初老の用人が汗を拭いた。

「豊作不作は、いつものことでございましょう。それを考えずに政《まつりごと》をなさっておられたとあれば、いささか……」

逸応が首を左右に振った。

「そこを押して」

「お貸ししているお金は、当院が本山寛永寺からお借りしているもの。つまりは、わたくしどもの借財でもございまして、返さなければ謹慎いたさねばなりませぬ」

「謹慎を……」

初老の用人が怪訝《けげん》な顔をした。

「門を閉じ、一切の出入りができなくなりまする」

「……それはっ」

逸応の言葉に初老の用人が顔色を変えた。

寛永寺は将軍家の祈願寺であり、菩提寺《ぼだいじ》でもある。歴代の将軍の法事を始め、なにかあれば幕府が主導する法要がある。それに江戸在府の大名は供奉《ぐぶ》しなければならない。当然、法要に参加するのにふさわしい格好というのがある。それをあらかじめ屋敷ですませていくわけにはいかなかった。普段着で行って、現場で着替える。これも見栄の一種であるが、休息するところ、着替えをする場所さえ用意できないというのは恥になる。だから、大名や旗本は寛永寺にいくつもある宿坊と手を組んだ。節季《せっき》やなにかのおりに、お布施《ふせ》や品を贈ることで、宿坊に駕籠《かご》を入れさせてもらい、そこで着替えたり、弁当を使ったりする。その宿坊が閉鎖されては、供奉のときに困ることになる。

「困ります。困りまする」

初老の用人が焦った。

「かといわれましても、本山より求められては、我らとしても……」

「なんとかお願いできませぬか」

渋る逸応に初老の用人がすがった。

「お金を返していただくしかございませんが、さようでございますな……」

わざとらしく逸応が思案に入った。

「では、利子だけでもいただきましょう。さすれば元金は減りませぬが、あらためて話を変えて期限を定めれば、なんとか言いわけも立ちましょうほどに」

「おおっ。そうしていただけるか」

初老の用人が喜んだ。

「利子くらいならば……」

助かったとばかりに、初老の用人が応じた。

「では、早速、残った元金の新しい証文を作りましょうぞ」

逸応があらかじめ用意していた証文を出した。

「……これはっ」

内容を確認した初老の用人が目を剝《む》いた。

「いかがなさいました」

逸応が不思議そうに初老の用人に問いかけた。

「利息が上がっておりまするが」

初老の用人が逸応を見つめた。

「おや、どこかおかしゅうございますか」

「去年までは年に一割でございました。それが一割三分と書かれておりますが」

とぼける逸応に初老の用人が迫った。

「当然でございましょう。期限前にお返しくださらなかったお方にそのままの条件でお貸しするはずはございますまい」

「……しかしっ、当家はこちらの檀家《だんか》のようなもの」

少しは甘くしてくれてもよいだろうと初老の用人が頼んだ。

「甘くいたしておりますが。本来ならば、評定所《ひょうじょうしょ》へ訴えるところでございますよ」

「………………」

冷たく言われた初老の用人が言葉を失った。

「お気に召さなければ、結構でございまする」

すっと逸応が証文を取り返した。

「その代わり、今日中にお返しいただきましょう。できなければ、本山にその旨申しあげ、当院は山門を閉じ、慎みましょう」

「わ、わかり申した。それで結構でございまする」

初老の用人が肩を落としながら、帰って行った。

「金がないのは首がないと同じだと町屋の者も申すというに。武士がそれに気がつかぬというのは、あまりに情けない。これから益々《ますます》、金貸しは儲《もう》かっていく。こちらにしてはありがたい限りだがの」

逸応が笑った。

武家から金がなくなったのは、三代将軍家光《いえみつ》のころからであった。もちろん、大名や旗本も座してそれを見過ごしてきたわけではなかった。

最初は領地の開拓で増収を図った。

新地を開き、田畑を拡げて収入を増やす。最初はこれの効果はあった。しかし、土地には限界がある。となると次は産業の振興に手を出す。

漆、絹、醤油《しょうゆ》、酒など他に売れるものを開発しようとする。しかし、こういったものは、そう簡単に成功しない。

どれにも難しい技術や材料があり、どこでもできるものではない。

「貴殿のご領地でなされている漆塗りの技をお教えいただきたい」

「酒造りをする杜氏《とうじ》をお貸し願いたい」

知り合いの大名に頼みこんだところで、

「お断りしよう」

「対価にはなにを……」

あっさりと拒まれるか、相応の報酬を求められる。

ほとんどの大名、旗本はここで手詰まりになり、増収をあきらめてしまう。

収入が増えないとなれば、出ていくのを絞るしかなくなる。五代将軍綱吉《つなよし》のころから、より世間が贅沢《ぜいたく》になって物価が上がり、生活が苦しくなった武家は倹約に走った。とはいえ、格式や世間体を気にするのが武士でもあり、表だっての倹約は恥ずかしい。そこで横行したのが、家臣の首切りであった。

「思うところこれあり」

「思《おぼ》し召しにより」

一言で、大名は家臣を放逐《ほうちく》した。もともと禄《ろく》は主君から与えられているもので、取りあげると言われればそれまでのものなのだ。

「これは先祖が関ヶ原の合戦で手柄を立てて……」

来歴で苦情を申し立てても、

「では、そなたはその禄にふさわしいだけの働きを藩にもたらしているのか」

こう言われれば、反論できない。

藩も無闇矢鱈《むやみやたら》と人員整理をしているわけではなく、今、遣《つか》える者かどうかをしっかりと見極めていた。

「あまりに情けない仕打ち」

そういわれてはしかたない。

「主君として仰ぐに足りず」

こちらから縁を切ってやるわと退身したものの、次の仕官があるはずもなく、浪人となっていく。

国元で生まれた浪人の多くは帰農する。己が支配していた領地に行けば、一応面倒は見てもらえる。ずっと甘えてはいられないが、生活の基盤を整えるまではどうにかなる。

これも藩の考えであった。こうすれば、余剰人員が農村に生まれ、土地が足りなくなる。足りなければ飢えるので、やむなく手間と稔《みの》りが合わないとして放置されていた山奥などが開拓され、田畑になっていく。

人手不足による開拓停滞を、大名はこうやって解決した。

しかし、これにも問題があった。

江戸で放逐された者、国元で浪人になった者の一部が、侍という身分に固執し、再仕官を求めたのだ。

だが、武家は人余りで、とても新しい仕官の口はない。無為徒食《むいとしょく》の民が増えただけであり、喰《く》えない浪人は、腰の刀を売るか、あるいはそれを使って強盗や押し借りをすることになる。

江戸の治安は浪人の数が増える度に悪くなっていった。

浪人は江戸の嫌われ者、武士という誇りを捨てられず、無理を通せば道理が引っこむと無茶を押しつける。気に入らなければ腰のものをひけらかす。

しかし、それも長くは続かなかった。

浪人は両刀を差すことを黙認されているだけであって、侍身分ではない。庶民と同じなのだ。当たり前だが、なにかしでかすと町奉行所が出てくる。

「不浄役人が、武士になにを」

どこかに仕官していれば、この言いわけが通る。武士に町奉行所は手出しができない。たとえ目の前で江戸の庶民が斬殺されても、町奉行所役人には捕縛の権はないのだ。

もっともこういった場合は、町奉行から目付へと取り扱いが代わり、目付からその武士の主君たる、大名あるいは旗本へ話が行き、無体をしでかした家臣は切腹させられるか、放逐になる。もちろん、放逐のときには、門前に町奉行所が捕り方を揃《そろ》えている。

浪人だとこの手続きが要《い》らない。

馬鹿をしでかした浪人はこうして淘汰《とうた》され、残った浪人は仕官という夢を見ながらも、その日喰うために働く。諫山左馬介《いさやまさまのすけ》の父は、浪人ながら異色であった。

「宮仕えなど、二度と御免だ」

そう公言し、浪人した日から人足仕事を探して働いた。

「珍しいお方だ」

長屋の住人にもにこやかに対応し、少しも侍ぶらない左馬介の父の評判はよく、やがて世話する人が有り、同じ浪人の娘を嫁にもらい、左馬介が生まれた。

「自分の身を守れればよかろう」

左馬介の父は左馬介が六歳になると軍扇術《ぐんせん》を教えた。

「そなたの祖父が編み出したものだ。儂《わし》はこれを覚えるだけで伝えなかった。もし、叶《かな》うならば、この術を後世に……」

その日暮らしをしていた左馬介の父が、唯一遺《のこ》した明日への希望が軍扇術であった。

「かならずや」

物心つくころには、母はすでに亡く、父と二人で寄り添って生きてきた左馬介は、この遺言に心を縛られた。

とはいえ、その日暮らしの浪人が道場を開くなどできるはずもなかった。

浪人が道場を開くには、腕よりも、金を援助してくれる人物を探すほうが大変であった。

「一手ご指南を」

腕に覚えのある浪人は、名のある道場へ入門を願い、そこで頭角を現し、師範代へと登りつめ、技を磨き援助してくれる人物が出てくるのを待つ。

「当家の者を鍛えてやってくれ」

同門に大名の家臣などが居る場合は話がきやすい。その者から評判を聞いた大名が、藩内の子弟を預ける相手として認めてくれることがある。

そもそも大名は武を売りものにしている。泰平が長く続き、武など看板以外のなにものでもなくなっているが、それでも大名には必須なのだ。

「このたび、目を付けた者がおりましての。道場をさせまして」

江戸城で同格の大名相手に自慢できるという副次効果もある。

それこそ千人の浪人がいて、一人か二人という幸運だが、天の星を摑《つか》むよりはまだ手が届く。

左馬介にはこの手が遣えなかった。

まず、江戸に軍扇術の道場がなかった。なければ弟子入りなど端《はな》からできない。次に、根本として護身術の域をでない軍扇術を、後援してやろうという物好きは武家のなかにいなかった。武士は表芸《おもてげい》とされる弓、槍《やり》、剣を学ぶもので、それ以外はよほどの物好きが、手裏剣術、小具足《こぐそく》術などに手出しするくらいであった。

では、商家や職人はどうかとなるが、職人に護身術は不人気である。そんなものを学ぶ暇があれば、師匠の技術を盗む、あるいは己の技を昇華する。そうやって職人は名をなしていく。

商人はまた違った意味で護身術を不要としている。生兵法《なまびょうほう》は大怪我のもととよくわかっているため、用心棒を雇うほうに金を遣う。そもそも儲かるかどうかわからない鉄扇《てっせん》術道場に投資するようでは、一人前の商人とはいえない。無駄金を遣ったと笑われて、本業に差し支えが出る。

「いずれ、ことがなったときには、道場を一つ建てて差しあげましょう」

両替商分銅屋《ふんどうや》仁左衛門《にざえもん》が、左馬介へ約束したのは、後援ではなく、報酬としてであった。

「では、一度長屋へ戻らせていただく」

不寝番を終えた左馬介が、女中喜代《きよ》の出してくれた朝餉《あさげ》をすませて、分銅屋仁左衛門に告げた。

「はい。また寅《とら》の刻（午後三時ごろ）前にはお戻りくださいますよう」

「承知いたした」

分銅屋仁左衛門の指示に左馬介はうなずいた。

用心棒の仕事は店が閉まっている間になる。開いている間は、無頼が踊りこんでこようとも、すぐに店の者が自身番へ走り、対処を求める。

問題は夜であった。とくに分銅屋のように金を扱う商家は、盗賊に狙われていた。かといって奉公人を夜通し起こしていては、明日に差し障るし、武芸の嗜《たしな》みもない奉公人なんぞ、怪我《けが》をさせるだけでとても盗賊の対応などできない。そこで、腕に覚えのある浪人を安く雇い、寝ずの番をさせる。

用心棒を昼過ぎには店へ戻すのも、浪人が出入りしているのを周囲へ見せつけることで盗賊たちへの警告としているのだ。

「うちには、用心棒がいますから、襲っても駄目ですよ」

こうして用心棒を抑止力として使うのだ。商家にとって、無事に追い返せたとしても盗賊に襲われると損が出てしまう。

裏木戸を破られたり、大戸を壊されたり、蔵の鍵を使えなくされたりしては、その修繕をしなければならなくなり、金がかかる。

れば、また狙われることになる。が、届ければ町奉行所役人の調べを受ける。

「どんな連中だった」

「撃退したというが、相手にはどのていどの傷を負わせたか」

基本は用心棒への聞き取りだけになるが、町奉行所の役人は気を遣ってくれず、堂々と表から出入りするうえ、大声で周囲へ色々と報《しら》せてしまう。

「あそこは盗賊に狙われているらしい」

こういった噂《うわさ》はあっという間に拡がる。これが呉服や小間物、食べものなどを扱う店ならば、同情を買うだけですむのだが、金を商品としている店となると話は変わった。

金を商品とする店、そう、金貸しである。金貸しはその名の通り金を貸し、利子を取ってそれで儲けている。金を借りに来る客に、その店が盗賊に狙われていようがいなかろうが関係はない。問題は、金貸しの店に元手となる金を預ける金主《きんしゅ》であった。

金貸しのなかには、自己資金だけで営んでいる店もある。でも、それだけでは店は大きくならなかった。大名貸しや廻船《かいせん》問屋などが船を新造するときの費用を用立てるとなると、千両や二千両ではとてもたりなく、数万両単位になった。それだけの自己資金を持っている店はそうはなく、ほとんどの場合、いろいろなところから金を預かって運用している。

預かった金への利子と貸した先から取る利子の差額が金貸しの儲けになる。当然、利幅は薄くなるが、元手が大きければ儲けも増える。

自己資金千両を年一割で貸せば、一年に百両の利子になるが、二万両を年に七分で借り、一割で貸せば、差の三分、年に六百両が手元に残る。

儲かるとわかっていて手出しをしない商人は、まずいない。

金貸しはどこも金主を何人も抱えていた。

金主は借りたがる客を探すことなく、また金を返せなくなったなどのもめ事や、金を借りられたがおかげで苦労をしたというような恨みを買うことなく、遊んでいる金を投資に回せる。そんな金主の嫌がるのが盗賊であった。

盗賊に金を奪われては、金貸しはやっていけない。金がなくなれば客は来ないし、店がなりたたなくなるからだ。そうなれば預けた金も十全に戻って来るとは限らない。よくて半分とか一割、下手《へた》をすれば盗賊に根こそぎやられた金貸しが夜逃げをして、丸損になるときもある。

となれば、盗賊が目を付けた店から金主は逃げ出す。

金貸しが盗賊に目を付けられたがらない理由はここにあった。

「……疲れたの」

用心棒も奉公人であるが、そういった示威という意味もあり、左馬介は店の表から出入りをする。

大きく伸びをして、夜通し見張っていたぞと表現して、左馬介は長屋へと向かった。

左馬介の長屋は、分銅屋仁左衛門の持ちものであった。用心棒を続けるとの約束で、左馬介は家賃なしで、まだ新しい長屋に住まわせてもらっていた。

「水は……まだいけるか」

長屋に帰った左馬介は、台所土間の水瓶《みずがめ》を覗《のぞ》きこんで独りごちた。徹夜で疲れているのもあり、水替えするのが面倒だった。

「とにかく、寝る」

両刀を腰から外し、夜具の隣に転がすと左馬介は袴《はかま》だけを外して横になった。

「……うん」

熟睡していた左馬介が顔に水を感じて目を覚ました。

左馬介の枕元に、濡《ぬ》れたぞうきんを手にしたお庭番村垣伊勢《むらがきいせ》が座っていた。

「はああ」

村垣伊勢が大きなため息を吐《つ》いた。

「な、なんだ」

左馬介はまだ理解できていなかった。

「ふん」

鼻で笑った村垣伊勢が、ぞうきんを左馬介の顔に被《かぶ》せた。

「わぷっ。なにをする」

ようやく事態を飲みこんだ左馬介が飛び起きた。

「情けない。他人の侵入にも気づかず、よくぞ用心棒などやっておられるな」

心底あきれた顔で村垣伊勢が左馬介を叱った。

「昨夜も寝ずの番だったのだ。それに吾《わ》が長屋に誰が入りこんで来るというのだ。何一つ盗《と》っていくものもないぞ」

左馬介が反論した。

「なにを言っている。現に吾《われ》が入りこんでいるだろうが」

村垣伊勢が言い放った。

「おぬしが来るのは予想している」

悔し紛れに左馬介が述べた。

「ほう。その割に気づいていなかったのはなぜだ。吾がその気ならば、今ごろそなたは死んでいるぞ」

「おぬしに、そうする理由はあるまい。今のところだがな」

「なぜそう言いきれる」

村垣伊勢が表情を引き締めた。

「拙者を殺すならば、その前に長屋から加壽美《かすみ》を消しておかなければなるまいが。町奉行所の役人はだませても、田沼《たぬま》さまはお気づきになろう。もっとも田沼さまが拙者を害するおつもりになられたときは、防ぎようもないがの」

左馬介が語った。

女お庭番の村垣伊勢は、江戸の市中にあるとき柳橋《やなぎばし》芸者の加壽美と名乗っている。その美貌と芸事で人気の芸者だけに、周囲の気を大きく引いている。隣の浪人が変死した後にいなくなれば、誰もが気にかけるくらいはする。

あらかじめ転居しておけば、もとの住まいの隣家でなにがあろうとも、かかわりなかったで押し通せるが、さすがに隣同士では町奉行所役人による取り調べは避けられない。

お庭番は御上の隠密《おんみつ》とはいえ、身分を明かすわけにはいかない。顔を覚えられた隠密など役に立たなくなるからだ。

「少しは頭を使うようになったか」

褒めているのか貶《けな》しているのかわからない村垣伊勢に、左馬介が気分を悪くした。

「むっ」

「怒るな。三十面さげた男が膨れても可愛《かわい》くはない」

「放っておけ。で、なんの用だ。寝ている拙者を起こしたのだ。からかいにきたわけではなかろう」

さっさと用をすまさせてしまおうと、左馬介が問うた。

「加賀屋《かがや》を覚えているな」

「忘れられぬな。分銅屋を支配下に置こうとした札差《ふださし》だろう」

確認された左馬介は即座に答えた。

「よろしい。その加賀屋と目付が会ったようだ」

「目付が……あっ」

己を召し抱えると誘った目付芳賀《はが》御酒介《みきのすけ》の顔を左馬介は思い出した。

「目付は分銅屋をあきらめておらぬ」

村垣伊勢が述べた。

「田沼さまへの手出しは、上様から禁じられた。となれば、田沼さまの邪魔をするには、実際に動く者を潰していくしかない」

先日亡くなった八代将軍吉宗《よしむね》は、破綻した幕府財政を立て直すために思いきった改革をおこなおうとした。しかし、分家から入ったという立場では、できることに限りがあり、どうしても老中や譜代大名たちを押さえこめなかった。

だが、このままでは幕府は遠くない先に潰れると危惧《きぐ》した吉宗は、己の死に際して無謀ともいえる手を打った。

吉宗は米で成りたっている武士の経済を金に代えようと考えたのだ。

米は毎年の出来不出来で、その収入が上下する。このような不安定なものを経済の基盤としていては、来年の計画が立てられない。どこどこになにを設けようと考えていても、不作だと形にできなくなる。

とはいえ、一所懸命という言葉があるように武士にとって土地は命よりも重い。その土地を取りあげて、代わりに金を支給する。年貢で手に入る米を売ったに等しい額を払うといわれても、何百年と続いてきた習慣、考えはそうそう変えられない。

それを死の床で吉宗は息子で九代将軍の家重《いえしげ》に託し、実務を田沼意次《おきつぐ》へと任せた。

このことに目付の芳賀と坂田《さかた》の二人が気づいた。目付は旗本のなかの旗本と呼ばれ、将軍に直接意見を言えるだけの権を持っている。それだけに矜持《きょうじ》も高く、武家にとって卑しいものとして忌避される金を俸禄《ほうろく》代わりにされることに我慢ができなかった。だからといって、家重をどうこうするわけにはいかない。そこで目付の二人は田沼意次を陥れようとしていた。

「加賀屋が目付と組めば……」

嫌そうな顔を左馬介はした。

「馬鹿が後ろ盾を得たに等しい」

はっきりと村垣伊勢が言った。

札差は幕府から旗本に払われる禄、扶持米《ふちまい》を換金して、その手数料を収入とする商いであるが、それは形だけに近く、今では困窮した旗本の家禄《かろく》などを担保として金貸しをしている。

もし、旗本の禄が米ではなく金になれば、札差は要らなくなる。今までは札差に禄《ろく》米《まい》を支給してもらう証明の切手《きって》を預けておき、そこから生活の費用をもらい、足りなければ、一年先、二年先の禄米を形《かた》に金を貸してもらっていた旗本たちが、離れて行ってしまう。禄米切手というものがなくなり換金の手間が要らなくなれば、なにも利息の高い札差とつきあう意味はなく、入ってくる金で足りなければ、利子の安い金貸しに頼めばすむからだ。

こうなっては加賀屋もやっていけなくなる。

加賀屋が田沼意次と手を組んだ分銅屋仁左衛門を目の敵《かたき》にするのは当然であった。

「また来るのか」

寝乱れた髪を梳《す》きながら、左馬介がため息を吐いた。

「命を懸けるのは用心棒の責務をこえていると思うのだがな」

こう何度も襲われてはたまらない。左馬介が村垣伊勢を見つめた。

「金をもらっている限りはいたしかたあるまい。どこの用心棒も命を懸ける気概などないだろうが、盗賊が来れば立ち向かうだろう」

「それはそうでござるが……」

もともと用心棒はそのためにいる。なにかなければ、ほぼ一日遊んでいるに近い勤務で、人足の倍からの報酬をもらう。

村垣伊勢の正論に、左馬介は詰まった。

「それが嫌ならば、辞めればいい」

「できないとわかっていて、言うな」

左馬介は首を左右に振った。

「もう、拙者も十分に巻きこまれた。今、分銅屋どののもとを離れたとしたら、たちまち町奉行所か目付、あるいは加賀屋に捕らわれてしまう」

「わかっているなら、文句を言うな」

冷たく村垣伊勢が口にした。

「もう寝る。用がすんだなら帰ってくれ。今夜も徹夜なのだ」

もう一度左馬介は横になった。

「これだけの女が隣におるのだぞ。押し倒してみたいと思わぬのか」

「虎と添い寝をするなど、御免だ」

わざとらしくしなを作って見せた村垣伊勢に、左馬介は目を閉じることで応じた。

「つまらぬ男だ」

不満そうに口を尖《とが》らせた村垣伊勢が膝で跳ね、天井の梁《はり》へと飛びついた。

「…………」

その気配に目を開けた左馬介の目に、赤い蹴出《けだ》しが焼け付いた。

二

加賀屋は目付芳賀と坂田の二人のお墨付きを得て、興奮していた。

「今度こそ分銅屋を潰してくれる」

芳賀と坂田は、加賀屋の手の者が町奉行所に捕まっても、累がおよばないように手配すると保証してくれている。

「散々、わたくしに煮え湯を飲ませたんだ。すべてをむしり取ってやらねば、肚《はら》の虫が治まらぬ。おい、誰か、久吉《ひさきち》に来るよう伝えなさい」

加賀屋が奉公人に、出入りの顔役を呼ぶようにと指示した。

江戸の大きな商家の多くは、地元の顔役を出入りさせていた。月々あるいは節季ごとなどの違いはあるが、一定の金をくれてやっていた。

金で飼うことで無頼などが店に近づくことを防ぐだけでなく、表沙汰にできないもめ事などを片付けさせるためであった。

「旦那、なんでございましょう」

待つほどもなく、久吉が駆けつけてきた。

「よく来たね。まあ、座りなさい」

「……へ、へい」

やさしい加賀屋に久吉が戸惑った。

久吉は加賀屋の命で、分銅屋仁左衛門を何度か襲っている。そのすべてを左馬介に阻《はば》まれてしまったため、加賀屋の機嫌を損じ、出入りをしばらく止められていた。

「いい手駒は何人いる」

加賀屋が問うた。

「手駒でやすか。どのていどの腕前をお求めで」

久吉が詳細を求めた。

無頼に堕《お》ちる者は多い。だが、そのすべてが力を持っているわけではない。口で女を欺《だま》すだけしか能のない男もいれば、懐のものを素早く掏摸《すりと》盗ることしかできない男もいた。

「そうだねえ。分銅屋の用心棒を片付けられるくらいだ」

「分銅屋の……手出しをするなと仰せだったはずで」

加賀屋の言葉に久吉が驚いた。

「事情が変わったんだよ。もう、分銅屋を襲っても町奉行所は止めやしない」

「えっ……」

聞いた久吉が唖然《あぜん》とした。

町奉行所は江戸市中の豪商から金をもらっている。合力金《ごうりききん》、挨拶金などと言われているが、ようは賄賂《わいろ》であった。なにかあったときには、手早く助けてくれとか、うちの奉公人が馬鹿をしでかしたが、表沙汰にしないようにしてくれとか、そういった配慮を求めるための金である。

与力で二百石内外、同心で三十俵二人扶持ていどの町奉行所役人が、粋《いき》な身形《みなり》で妾《めかけ》を囲えるのは、この金があるからだ。

その大きな金主の一人である分銅屋仁左衛門を町奉行所が見捨てるとは思えなかった。

「大丈夫だ。与力や同心ではどうにもならない上のお方からお墨付きをいただいたからね。おまえは安心して配下を出せばいい」

「そいつは本当で」

思わず久吉が問うた。

「いつから、そんな口を叩《たた》けるようになったんだい。わたしを疑えるとはいい度胸じゃないか」

さっと加賀屋の顔に怒気が走った。

「すいやせん」

久吉が蒼白《そうはく》になった。

「まったく、わたしが一言いえば、おまえごときなんぞ、明日にでも三尺高い木の上で磔獄門《はりつけ》になるんだ。気を付けろ」

「へ、へい」

叱られた久吉が平身低頭した。

「で、何人出せる」

「それが、前回かなりの損害を出しまして、まだ十分な補充ができておりやせん。なんとか二人といったところで」

もう一度訊《き》かれた久吉が答えた。

「二人だって……よくそれで顔役だと言えるな」

加賀屋があきれた。

「お恥ずかしい話で」

久吉が小さくなった。

「人手は集められるのかい」

「三日いただければ……つきあいのあるところから借りて」

「馬鹿を言うんじゃない」

応えかけた久吉を加賀屋が怒鳴りつけた。

「表にできる話じゃないんだ。それをおまえ以外に教えてどうする。えっ、そいつがわたしを脅しに来ないと言えるのかい」

「い、いいえ」

久吉が小さくなった。

親方だといったところで無頼には違いない。少しでも得になる、金になると思えば、義理もなにもなく喰い付いてくる。

久吉が加賀屋にどのような扱いを受けようとも、従っているのは十二分な金がもらえるからであり、決して忠義などではなかった。

「おまえが歩いて探すんだ」

「わ、わかりやした。その代わり、少しばかり猶予をお願いいたします」

三日では無理だと久吉が日延べを求めた。

「五日あげよう」

加賀屋が納得した。

「それと……」

「わかっているよ。金だろう。まったく、欲しがるばかりで成果もまともに出しやしないくせに」

愚痴を言いながら加賀屋が懐から小判を十枚出した。

「旦那あ」

それでは少なすぎると久吉が泣き声を出した。

「これは前金だ。うまく分銅屋の命を奪えたら……そうだねえ、百両、いや二百両あげよう」

「に、二百両」

金額に久吉が愕《おどろ》きの声をあげた。

「ただし、それ以上はなしだ。失敗しても、その経費《かかり》は、おまえが負担しなさい。少ない人数で一度で仕留めれば、十二分に儲かるだろう」

「へ、へい」

その通りだと久吉が勇んだ。

「いいね。吉報以外で当家の敷居を跨《また》ぐことは許さないよ」

「お任せを」

久吉が十両を手に、出ていった。

三

店に戻った左馬介は、まず分銅屋仁左衛門のもとへ顔を出した。

「分銅屋どの」

「おや、お帰りですか。少し早いようですが、昼餉《ひるげ》はすまされましたので」

まず分銅屋仁左衛門が食事の心配をした。

「まだでござる」

「そうですか。では、喜代、諫山さまに握り飯でもお出ししておくれ」

否定した左馬介に、分銅屋仁左衛門が気を遣ってくれた。

「かたじけない」

「どうせ冷や飯の残りですから」

頭をさげた左馬介に、分銅屋仁左衛門が手を振った。

「…………」

村垣伊勢から聞いた話を分銅屋仁左衛門に伝えようとした左馬介が止まった。分銅屋仁左衛門も田沼意次と話をしている。田沼意次の配下にお庭番がいることくらいはわかっている。しかし、その一人が己の持ち長屋の店子《たなこ》加壽美だとは知らない。それを勝手に教えてよいものか、左馬介は躊躇《ちゅうちょ》した。

「どうかしましたかな、諫山さま」

すぐに分銅屋仁左衛門が気づいた。

「……じつはの」

左馬介は誰から聞いたという話を飛ばして説明した。

「ほう、加賀屋と先日のお目付さまが」

分銅屋仁左衛門が腕を組んだ。

「お墨付きを得たとばかりに、加賀屋の間抜けが手を出してきますな」

口の端をつりあげて分銅屋仁左衛門が嘲笑した。

「目付が付いたとなれば、町奉行所の役人は当てにできぬのではないか」

権力の守護がなくなったのではないかと、左馬介が危惧した。

「端《はな》から当てにしてませんよ。表の力なんぞね」

分銅屋仁左衛門がたいしたことじゃないと言った。

「ところで、諫山さま。このお話をどこでお知りになられましたので」

「……それは」

当たり前である。どう考えても長屋に寝に帰っていた左馬介に、加賀屋の動きがわかるはずはない。

分銅屋仁左衛門の追及に、左馬介は詰まった。

「諫山さま、信頼がなければ用心棒はできませんよ」

決断しかねている左馬介に分銅屋仁左衛門が述べた。

「……名前は勘弁してくれ。話していいとの許可をもらっていない」

左馬介は条件を付けた。

「…………」

すぐに分銅屋仁左衛門は返答をしなかった。

「…………」

気詰まりに左馬介も黙った。

「いたしかたありませんね。今回は我慢しましょう」

しばらくして分銅屋仁左衛門が折れた。

「すまぬ」

左馬介が頭をさげた。

「義理堅い諫山さまのことだ。無理強いすれば、これ幸いと辞めてしまわれましょうし」

「とんでもない。辞めれば明日から喰っていけぬ」

嘆息する分銅屋仁左衛門に、左馬介が手を振った。

「はたして、そうでございましょうかねえ」

分銅屋仁左衛門が小さく笑った。

「からかうのは、それくらいにしてくれぬか。汗が出る」

左馬介が小さくなった。

「では、どこから」

「お庭番の一人だ」

話を戻した分銅屋仁左衛門に左馬介が告げた。

「……お庭番、どこでお知り合いに」

分銅屋仁左衛門が首をかしげた。

「一度、数人の侍に店が襲われたことがあったろう」

「表と裏の両方から攻めてきたときでございますね」

言った左馬介に、分銅屋仁左衛門がうなずいた。

「そのときに知り合った」

まちがいではなかった。もっとも村垣伊勢とはその前に接触しているが、左馬介はお庭番との出会いを言っている。あのときに男のお庭番と顔を合わせたのは事実であった。

「なるほど。その方が」

「田沼さまの使いだと」

「ふむ。あまりわたくしが田沼さまのもとへ出入りするのはよろしくありませんな」

分銅屋仁左衛門も納得した。

田沼主殿頭《とのものかみ》意次は、家重の寵臣《ちょうしん》の一人として見られている。寵臣は、身分をこえた出世をする者であり、その知遇を受けることは、その恩恵に与《あずか》ると同義であった。となれば、誰でも田沼意次と知り合いになりたがる。それこそ、大名、役人、天下の豪商など、なんとかして田沼意次との伝手《つて》を手に入れようとする。

そんななか浅草《あさくさ》辺りの両替商が、何度も田沼意次の屋敷へ出入りをしていると目立つ。

「どうやって田沼さまと知り合った」

「なんとかご紹介をいただけぬか」

「田沼さまを招く手伝いをいたせ」

分銅屋仁左衛門を利用しようとする者が、寄ってくる。

「ふいにお見えになりまして」

「ご紹介できるほどではございませぬ」

「仲介はお断りいたしまする」

まさか求められたからといって応じるわけにはいかない。分銅屋仁左衛門は田沼家出入りでもなんでもないのだ。ただ、吉宗公の遺言、米から金へ経済を代えようという目的のために手を組んでいるだけの、いわば悪巧み仲間である。その悪巧み仲間が、世間との仲立ちなどできるはずはない。

しかし、断られた方はそんな裏事情を知らない。

「けちくさい」

「生意気な」

分銅屋仁左衛門を逆恨みすることになる。

逆恨みほど面倒なものもそうはない。どこで足を引っ張られるかわからないうえに、誰に憎まれているかさえわからないとあっては、対応も難しい。

結果、分銅屋仁左衛門と田沼意次は表だっての接触を避けることになっていた。

「諫山さまならば、目立ちませんな。さすがは田沼さまだ」

分銅屋仁左衛門が感心した。

「長屋で寝ていたら、いつの間にか入りこまれているのだぞ。たまらぬわ」

称賛する分銅屋仁左衛門に、左馬介が不満を漏らした。

「それはたしかに。目覚めたらよこに男がいてはたまりませんな」

「誰もいるはずのない一人暮らしだ。男でも女でも知らないうちに入りこまれるのは、気持ちが悪い」

首肯《しゅこう》する分銅屋仁左衛門に、さりげなくお庭番は男とは限らないと左馬介は混ぜた。

「とにかく、警戒をするにこしたことはないのだが、どうする。町奉行所の役人が使えぬとあれば、御用聞きも役に立つまい」

実務の話に左馬介が切り替えた。

「……むうう」

腕を組んで分銅屋仁左衛門が唸《うな》った。

「新たに用心棒を雇い入れるというのは……」

「難しゅうございますな。なかに受け入れてしまうと、いろいろな事情を話さなければならなくなりましょう」

何度も襲われる店など、そうそうあるはずもない。また、分銅屋ほどの身代で、異常事態が起こっていながら町奉行所が介入してこないというのも不思議である。

疑問を抱えたまま命を張ってくれるような物好きはまずいない。いたとしたら遠慮なく人を殺せることを楽しむ危ない性格か、それをもとに分銅屋仁左衛門を強請《ゆす》ろうと考える碌《ろく》でもない奴《やつ》になる。

「拙者一人では無理だぞ」

無茶を言ってくれるなと左馬介が釘《くぎ》を刺した。

「大事ございませんよ」

分銅屋仁左衛門が落ち着いた声を出した。

「店の者に武芸の遣える者などいたか」

「算盤《そろばん》しか遣えませんよ。うちは両替屋でございますよ。武芸なんぞ、なんの役にも立ちません」

怪訝な顔をした左馬介に、分銅屋仁左衛門が否定した。

「えっ……」

左馬介が唖然とした。

「一人でどうにかしろというのではなかろうな」

思わず左馬介の言葉遣いが乱暴になった。

「珍しい。諫山さまが我を忘れられるとは」

面白そうに分銅屋仁左衛門が笑った。

「笑いごとではないぞ。拙者がやられれば、分銅屋、おぬしも殺されるのだ」

左馬介が分銅屋仁左衛門に迫った。

「近い、近いですよ、諫山さま」

唾《つば》がかかると分銅屋仁左衛門が、嫌そうに左馬介を突いた。

「…………」

それどころではないと左馬介は、分銅屋仁左衛門を睨《にら》んだ。

「落ち着いてくださいな」

分銅屋仁左衛門がいきりたつ左馬介を宥《なだ》めた。

「命がかかっているのだ。落ち着けるものか」

左馬介が反論した。

「わかっておりますとも。ですが、大丈夫でございますよ」

分銅屋仁左衛門が安心するようにと告げた。

「どこに大丈夫だという保証があると」

「お庭番でございますよ」

まだ言い募る左馬介に、分銅屋仁左衛門が答えた。

「……お庭番」

「ゆっくりと腰を下ろして、息を吸い、落ち着いてお考えなさいな」

とりあえず頭に昇った血を下げろと分銅屋仁左衛門が言った。

「加賀屋と目付が組んだ。そうお報せくださったのは、田沼さまでございましょう。あのお方が、その後をお考えでないはずはございません」

「そうか、お庭番が助力してくれるのか」

ようやく左馬介が答えにたどり着いた。

「はい」

分銅屋仁左衛門がため息を吐《つ》きながら首肯した。

「ならば安心だ」

左馬介が腰を抜かしたように、両手を突いた。

「無理もありませんがね。命を捨てる羽目になるかと思えば、不安で当然です。ですが、もう少し読みを深くしていただかないと」

「すまぬ」

説教を喰らった左馬介がうなだれた。

「あのう、もう、よろしゅうございましょうか」

座敷の外で待っていたらしい喜代が口を挟んだ。

「ああ、握り飯かい。いいよ」

分銅屋仁左衛門が許可を出した。

「多すぎましたか」

盆の上には大きめの握り飯に味噌《みそ》を塗ったものが五つ載っていた。

「いや、助かる。一気に腹が減った」

早速、左馬介は手を伸ばした。

四

九代将軍家重は、幼少のころ熱病を患い、言語不明瞭になっていた。なにを言っているかを正確に把握できているのは、側用人《そばようにん》の大岡出雲守忠光《おおおかいずものかみただみつ》だけであり、どのようなときでも同席していた。

「目付坂田時貞《ときさだ》、お目通りを願っておりまする」

お側御用取次《そばごようとりつぎ》が将軍家御休息の間にいる家重のもとへ報せてきた。

「うむ」

正当な手続きを踏んだ目通り願いは、将軍でも却下できない。家重は小さくうなずいて、目通りを許した。

「上様におかれましては、ご機嫌麗しく、坂田時貞お慶《よろこ》びを申しあげまする」

「うむ」

型どおりの挨拶をする坂田に、家重は小さくうなずいて応えた。

「な、な」

「何用じゃとのお言葉である」

家重の発言を大岡忠光が伝えた。

「畏《おそ》れ入りまするが、役目のことにございますれば、お他人払《ひとばら》いを」

坂田が望んだ。

「うむ」

ふたたび首を動かした家重が、手を振った。

「…………」

御休息の間に控える小姓番《こしょうばん》、小納戸《こなんど》がすぐに出ていった。

「こ、これえ」

「これでよいかとお訊きである」

「かたじけのうございまする」

通訳を受けた坂田が平伏した。

「出雲守どの、ご他言は無用でござる」

坂田が最初に釘を刺した。

「上様のお側に仕える者に、念押しは不要」

冷たく大岡忠光が返した。

「……そうでござったな」

一瞬、眉間にしわを寄せた坂田だったが、こらえて認めた。

目付は将軍と余人を交えず会うことができる。これは幕府創設以来の決まりであったが、それは家重に適用されなかった。なにせ、大岡忠光以外には、家重がなにを言っているのかわからないのだ。

肯定なのか否定なのかさえ、判断つかないようであれば、目通りが無駄になる。

「上様は、たしかにうなずかれた」

二人きりを良いことに、こう強弁したとしても、後から大岡忠光によって偽りだと暴かれたらただではすまない。

上意の捏造《ねつぞう》は重罪であり、まちがいなく切腹、お家お取り潰しになる。

もちろん、意思の疎通ができないのだから、承諾をいただいたと誤解してしまったという言いわけは通る。それを最初、坂田と芳賀は狙っていた。

「上様のお許しが出た。田沼家を捜索する」

大量の徒目付《かちめつけ》を動員して、田沼意次の屋敷を洗いざらいひっくり返す。その事実が将軍家重のもとへ届き、あわてて停止の指示が出るまでにはそれなりの手間がかかる。その間に、田沼意次の悪事を暴けばすむ。いや、なにもなければ作り出すという手もある。なにせ、悪事の証拠は目付が取り調べるのだ。冤罪《えんざい》を生みだすなど、簡単であり、目付の監察には将軍といえども口出しはできない。もっとも、最終的に罪を言い渡すのは、将軍なので咎《とが》めるかどうかは、家重次第であった。

といったところで、目付が有罪確定だと評定所へ送った者を、将軍が恣意《しい》で無罪とするのは難しい。

えこひいきは、世間の反発を買う。

有罪の証拠があった者を無罪とするのは、将軍といえどもすべきではない。すれば、目付の、評定所の権威は地に落ち、家臣たちの家重への忠誠は下がってしまう。それを防ぐには、無罪とわかっていても形だけでいいので咎めを与えるしかない。

田沼意次の役目を解くのが、もっとも軽く、世間も納得する。

いかに寵臣といえども、一度役目を解かれた以上、すぐの復帰はない。一年ほどは無役でおかれる。そうなれば田沼意次も動きが取りにくい。

坂田と芳賀がそれを狙っていると読んだ田沼意次は、家重に願っていかなる場合でも大岡忠光の同席を認めるという将軍令を出してもらっていた。

「は、はやっ」

「さっさと申せと言われておられる」

家重の不満を大岡忠光が告げた。

「はっ。畏れ入りまする。では、目付としてお願いをいたしたき儀がございまする。先代吉宗公のご遺言につきまして、お聞かせ願いたく存じまする」

坂田が真正面から斬りこんできた。

「…………」

家重が無言で坂田を見つめた。

「う、上様」

大岡忠光がうろたえた。

「い、いずみょ」

落ち着けと家重が大岡忠光を叱った。

「はっ」

大岡忠光が頭を垂れた。

「し、しっつ、なん」

「知ってなんとするとのお尋ねである」

「目付として、ご遺言を知っておくべきであると判断いたしましてございまする」

そう答えた坂田が手を突いた。

「役人のなかに、先代さまのご遺志であると言い立て、よろしくないまねをする者がいるとやの噂がございまする」

噂は誰がどこで出しているかの確認ができない。坂田の話は巧妙に責任を逃れていた。

「それが真実ならば、我ら目付衆のかかわるところではございませぬ。しかしながら、もし偽りであったり、恣意で枉《ま》げたりしたものであった場合は厳しく咎めなければなりませぬ」

「…………」

正論を坂田が口にした。

家重が目を閉じた。

「上様、なにとぞ、お聞かせのほどを願いたく」

押してと坂田が願った。

「ぶ、ぶん、か、く、あ」

「分をこえる覚悟はあるのだなとお問いである」

「覚悟……」

肚をくっているのだろうなという家重の確認に、坂田が息を呑《の》んだ。

「そ、いあ、も」

「外に漏れた場合は、そなたの仕業とし、厳罰を与えると仰せである」

「それはあまりでございましょう」

責任はおまえにあるという条件に坂田が抗弁した。

「上様、ご無礼を」

「うむ」

大岡忠光が、家重の前に出た。

「八代さまのご遺言は、お許しの出た者以外耳にすることが許されておらぬ。それを押して知りたいと言うのであろう。それだけの覚悟はできているはずじゃ」

厳しく大岡忠光が坂田を糾弾した。

「な、なにを申すか。目付は幕政のすべてに監察を……」

「たわけがっ」

言い返そうとした坂田を大岡忠光が怒鳴った。

「め、目付をたわけと」

坂田が顔を赤くした。

「執政でない目付に政へかかわる権はない。目付は上様、大御所さまに手を出せぬ。きさまは、それくらいもわからぬのか」

「……それはっ」

「先代さまのご遺言は、上様へ向けてのものである。たかが目付風情《ふぜい》が耳にしてよいことではないわ」

大岡忠光が坂田を追撃した。

「………………」

これも正論であった。坂田は黙るしかなかった。

「いかがいたしましょう、この慮外者《りよがいもの》を」

大岡忠光が家重に、坂田への処罰を尋ねた。

「や、め、ねっし、と、ばず」

「はっ」

家重の発音を大岡忠光がしっかりと聞いた。

「役目のうえのことゆえ、今回は咎めぬとのご恩情である」

「あ、ありがたきお言葉」

将軍にそう言われては、これ以上粘れない。ここで言い募れば、まちがいなく目付の任から外され、謹慎を喰らう。

目付でなくなれば、坂田など凡百《ぼんぴゃく》の旗本でしかないのだ。なんの力もなくなるどころか、同役の芳賀との縁も切れる。

いかに同志として、今手を組んでいても、それは同じ目付同士だからであって、一人が役目を解かれれば連携も終わる。どれほど深い絆《きずな》があろうとも、現役の目付が咎めを受けた者と親しく往来することはできなかった。

「さ、れっ」

家重が手を振った。

「ご無礼を仕《つかまつ》りました」

通訳してもらうまでもない。声に怒りを含んだ家重に、坂田は深く平伏して御休息の間から急いで消えていった。

「上様、よろしゅうございますので」

「と、あみが、なん、そう」

大岡忠光の懸念に、家重が首を横に振った。

「主殿頭に任せると」

「うん」

確認した大岡忠光に、家重が強く首を上下させた。

五

追い払われるように御休息の間を出された坂田は、目付部屋へと帰った。

「よいかの」

すばやく芳賀を見つけると、坂田が小声で誘った。

「……………」

無言で了承を示した芳賀を残し、坂田が目付部屋の二階へとあがった。

「……どれ、調べものを」

少し間を空けて、芳賀が立ちあがった。

目付部屋の二階は、資料部屋という名の個室になっている。そこで目付たちは監察するべき相手の経歴を調べたり、配下の徒目付に命を下す。基本、一人役目である目付は手を組まないが、二人以上でことにあたるときの打ち合わせにもここは使われた。

「待たせた」

目立たないようにとときをずらした芳賀が、一人でいた坂田に詫《わ》びた。

「いや、よい」

坂田が大丈夫だと手をあげた。

「どうした、顔色が悪いぞ」

芳賀が坂田の隣に腰を下ろした。

「上様にお目通りを願ったのだろう」

「まずったわ」

水を向けた芳賀に、坂田が苦く頬をゆがめた。

「なにがあった」

芳賀も真剣な目つきをした。

「先ほど……」

御休息の間であったことを坂田が語った。

「むう」

聞いた芳賀が腕を組んだ。

「しくじったな」

「田沼への牽制《けんせい》になればと思ったのだが……」

二人の目付がため息を吐《つ》いた。

「大岡出雲守の口出しが痛かったわ」

坂田が吐き捨てた。

「田沼より先に出雲守をどうにかしてやりたいわ」

「それは無理だぞ」

怒りを抑えきれない坂田を、芳賀が制した。

「わかっている。出雲守がいなくなれば、誰も上様のご意志を理解できぬ」

意思疎通のできない将軍など、執政にとって悪夢でしかない。出雲守を家重の側から排除するなど、老中が許さなかった。

「もっとも出雲守は、上様のお側を離れられぬ。また、政への口出しも禁じられている」

これは大岡忠光が家重唯一の代弁者だからこそ、取られている措置であった。どれほど家重の寵愛を受けようとも、側にいなければならない大岡忠光は老中や若年寄に出世してはいけない。家重が亡くなるまで、ずっと側用人と定められていた。

「どうする。おそらく出雲守から田沼主殿頭のもとへそなたのことは報されているぞ」

「そうよな。しばし、大人しくするしかないな」

芳賀の懸念に坂田が悔しげに答えた。

「加賀屋の動きを見守るときか」

「ああ。あやつならば失敗しても痛くもないわ」

芳賀の意見を坂田も認めた。

「我らのことを漏らすようなまねはすまいしの」

「旗本を抑える目付を敵に回せば、札差など風前の灯火《ともしび》じゃ。加賀屋を使っている旗本に疑義ありとお城坊主の耳に囁《ささや》いてやれば、一日で江戸中に拡がる」

「旗本たちがあわてて加賀屋から離れるの」

二人が声を潜めた。

「それくらいのことは気づくであろう」

「気づかぬていどの愚か者ならば、我らが断を下すまでもなく滅びよう。没落した札差がなにを言い立てようとも、誰も耳を貸すまい」

小さく二人がうなずきあった。

「我ら旗本を食いものにする札差には、いいお灸《きゆう》になろう」

「金を握っていても、商人は武士の下にある。最後に勝つのは我ら旗本だと思い知らせてくれよう」

芳賀と坂田が笑った。

江戸は百万といわれる人を抱えている天下の城下町である。その半分以上が武士というういびつな状況にはあるが、それでも民も数十万人いる。

数が多くなれば、こぼれてしまう者も出てくる。

田舎《いなか》から出てきたが思うような仕事に就けず、喰うために堕ちた者、端《はな》から他人を踏み台にしようとして江戸の地を踏んだ者、年間数百人が江戸の闇に加わる。

だが、闇ほど生きて行くのに厳しいところはない。増えただけ淘汰される者は出る。いかに江戸が巨大であろうとも、膨張し続ける闇を支える余裕はない。

「ここは、おいらの縄張りだ」

「やかましい。縄張りなんぞ、取った者の勝ちだ」

賭場《とば》の一つを巡って、無頼同士が争っていた。

「やっちまえ」

「こっちのせりふだ」

無頼の喧嘩《けんか》は刃物沙汰になる。集まっていた無頼たちが、長脇差《ながわきざし》、匕首《あいくち》などの得物《えもの》を手にして振り回した。

「ぎゃっ」

「ひえええ」

無頼だからといって、全員が強者《つわもの》ではない。食べていけないからと無頼に加わった連中に、戦うだけの技も気力もない。たちまち傷を負った者たちが逃げ出した。

「てめえら、許さねえぞ」

賭場を持っていた無頼の頭《かしら》が、逃げた配下を怒鳴りつけた。

「情けねえな、ええ。どうする、黙って出ていくならば、見逃してやるぜ」

新たに賭場を占めた無頼の親分が、無頼の頭に言った。

「……しかたねえ」

無頼の頭が首を垂れた。

「覚えておけよ」

捨てぜりふを吐いた無頼の男が背を向けた。

「……おいっ」

「へい」

無頼の親分が、隣の手下に合図を送った。

「………」

無言で手下が堂々と歩いて去って行こうとした無頼の頭の背中から斬りつけた。

「てめえ、卑怯《ひきよう》な」

無頼の頭が倒れながら罵《ののし》った。

「阿呆、後々取り返しに来るかも知れねえ奴を見逃してどうする。危ねえ芽は育つ前に摘《つ》むのが、生きて行くこつだ。勉強になったろう」

「く、くそっ」

恨みを残して無頼の頭が死んだ。

「よし、これでここの賭場はおれたちのものだ」

「おおっ」

「やったぜ」

無頼の親分の宣言に配下たちが凱歌《がいか》をあげた。

「お客が来る前に、ここを片付けるぞ。血なまぐさい賭場に良客は来ねえからな」

「合点」

配下たちが死体を片付け、血の飛んだところに水、砂をかけて清めた。

「おい。安《やす》」

「へい」

後ろに控えていた禿頭《とくとう》の配下が腰を屈《かが》めた。

「おめえのおかげでここを奪えた。よくやったな」

「いえ、あの親方の下では、やっていけねえと感じていやしたので」

褒められた配下が首を横に振った。

「そうだろうが、おめえがこっちに付いてくれなければ、もうちょっと手間がかかったはずだ」

親分が安の手柄だと言った。

「おめえは、ここに来る客の顔を覚えているな」

「賭場の出入りを預かってやしたから、大概は」

確認された安が首肯した。

「結構だ。約束通り、ここの賭場はおめえに任せる。寺銭《てらせん》として七分を納めろ。残りは好きにしていい」

「ありがとうございやす」

親分の言葉に安が礼を述べた。

こうして一つの縄張りが代わった。

縄張りの変化は、すぐに拡がる。ぼうっとしていては、いつその波が己に被ってくるかもわからないのだ。周囲だけでなく、江戸中の変化を捉えていない親分は長く保《も》たないのが、闇の常識であった。

「ほう、麻布《あざぶ》の縄張りが十蔵《じゅうぞう》から尾兵衛《おべえ》に移ったか。となると十蔵に付いていた連中が浮いているな」

久吉の耳にもその話は聞こえてきた。

「ちょうどいい。あぶれた連中を手駒にするか」

加賀屋から人探しの期限を切られていた久吉にとって、渡りに船であった。

縄張りの主《ぬし》が代わったとき、そこに依存していた配下や手下たちはおおむね二手に分かれた。

新しい親分に尾を振って、その下に入って今まで通りそこで生活をする者、もう一つは反発して他所《よそ》の縄張りへ流れていく者である。

当然、生活の問題があるため、新しい親分に頭をさげる者が大半であるが、次は俺がこの縄張りをと狙っていた腕のある者や、前の親分に恩を感じている骨のある者なども少数ながらいる。

もちろん、新しい親分にしてみれば、従わない連中は目障りなうえ、いつ牙を剝くかわからないだけに、警戒をしている。

「尾兵衛の、ちいと人を探させてもらうぜ」

「久吉の兄い、頼む」

他人の縄張りに入りこむには礼儀がある。きっちりと目的を話し了承を取っておかないと、後々のもめ事になる。酷《ひど》いときは、その場で袋だたきにされることもあった。

挨拶を通しに来た久吉を、尾兵衛が歓迎した。

「面倒な奴がどこにいるかわかっているかい」

「三人ほどまとまって、破れ寺に籠もって……」

訊いた久吉に尾兵衛が嫌そうな顔をした。

縄張りを奪ったばかりの親分は忙しい。近隣の親分衆への挨拶、賭場の上客への対応、町奉行所役人への根回しと、それこそ畳を温める暇もない。そんなときに反乱を狙っている獅子身中《しししんちゅう》の虫の対応などしたくもない。面倒の火種を持って行ってくれるならば、なによりもありがたかった。

「後は……」

「あいにく」

他にはいないかと問うた久吉に、尾兵衛がそれ以上はわからないと首を振った。

「もうちょっと欲しいのでな。人定《じんてい》に一人貸してくれ。おめえの下に入っていない者の顔くらい判別付くだろう」

「いいとも。ただ、小遣い銭はやってくれ」

ただで連れ回すなと尾兵衛が釘を刺した。

「わかっているよ」

久吉がうなずいた。

「さて、どれだけの数を捕まえられるかだな。おいらに忠義も恩もねえ連中だ。今は喰うに困っているから、黙って従うだろうが、落ち着けば要らないことをしでかしかねねえ。まあ、今後も役に立ちそうならば、飼ってやっても良いが……そうでなきゃ遣い潰せばいい。尾兵衛に恩も売れたしな」

縄張りを新たに作ったときのごたごたを助けてもらった恩は、大きい。もっとも無頼の恩返しなんぞ、昔話にもなりはしないが、それでも貸しにはなる。
にやりと笑った久吉が、尾兵衛の宿《やさ》を出た。

第二章　一夜の策

一

両替屋の店じまいは遅くなることがままあった。

「申しわけありませんが、すぐに店の者が金を持って参ります。明日の商いに使う銭が足りなくなりました」

閉店際に駆けこんできて、延長を求める商家の主や、

「他人目《ひとめ》を気にするゆえ、日が落ちてからの来訪となる」

借金を申しこむことを隠したい大名や旗本の求めなどで、暮れ六つ（午後六時ごろ）を過ぎても大戸を開けたままにする。

これも商いであった。客への融通を嫌がるようになったら、かならず店は衰退する。信用だけで商いは続けていけなかった。

「初めてのお客さまだね」

八つ（午後二時ごろ）過ぎ、番頭から日が落ちてからの訪問を希望している旗本がいると聞かされた分銅屋仁左衛門が難しい顔をした。

「はい。一応、帳面をあらためて見ましたが、お名前はございませんでした」

確認された番頭が首を縦に振った。

「番町《ばんちょう》のお旗本二千二百石、杉岡丹波介《すぎおかたんばのすけ》さまねえ」

分銅屋仁左衛門が腕を組んだ。

「お断りはできませんね」

「はい」

旗本の客を拒むわけにはいかない。ため息を吐《つ》いた分銅屋仁左衛門に番頭も同意した。

「ご苦労だったね。下がっていいよ。ああ、諫山さまを呼んでおくれ」

「承知いたしました」

番頭が一礼して去って行った。

「どうかしたかの、分銅屋どの」

代わって左馬介が顔を出した。

「どうやら、今夜……」

「……さようか」

そこまでしか言わなかった分銅屋仁左衛門に、左馬介が表情を変えた。

「聞いたことのないお旗本が、日が暮れてからお出《い》でになるそうで」

「あからさまだが、拒否できぬな」

説明を受けた左馬介が理解した。

江戸における旗本の権威は強い。まず、町奉行所が手出しできないため、旗本とめても町人が頼って行く相手がいない。目付に訴えるというわけにはいかないのだ。庶民の話を目付は聞いてくれない。それが商品を持って行ったのに金を払ってくれないとか、借金を返してくれない、あるいは娘を連れて行ってしまったとかならば、評定所へ訴えを出せば受け付けてはくれる。もっとも受け付けたから、かならず罰してくれるというわけではないが。

しかし、そこまでするほどでもないこととなれば、町人が旗本に対抗するのは不可能に近かった。目安箱《めやすばこ》という手もあるが、あれは差出人を明記しなければ取りあげられない決まりで、誰が訴え出たかがばれるため後難を怖れた町人たちはまず使わなかった。

「いつごろ来るのでござる」

「日が暮れた後としか」

問うた左馬介に、分銅屋仁左衛門が答えた。

「一夜中開けておけというわけか」

左馬介が苦虫をかみつぶしたような顔をした。

「分銅屋どの、少し金を遣《つか》ってもよいかの」

「かまいませんが、なにをなさいますので」

申し出た左馬介に許可を出しながらも、分銅屋仁左衛門が首をかしげた。

「前回と違って、表戸の守りがないゆえ、そこに拙者が張りつかねばなりませぬ」

左馬介が言った。

両替屋、金貸しなど、盗賊から狙われやすい商売は、建物を厳重に作る。火事でも火の入らない密閉型の蔵、忍び返しを付けた塀、屋根瓦を剝がされても天井裏へ侵入できない硬い屋根板などである。鉄の棒を組みこんだ表戸もその一つであった。

盗賊のなかには数を頼りに、掛け矢で表戸を破って侵入するという荒事《あらごと》専門の者もいる。それに対抗するには、表戸を丈夫にするしかないため、多少の力で板は壊れても、表戸は潰されないように鉄の桟《さん》を付けた。鉄の桟を細かく入れておけば、板戸はぼろぼろになっても、鉄格子に桟が残り、侵入を防ぐ。

前回は、鉄の桟のおかげで表からの攻撃が止められ、結果、左馬介が裏に専念できた。

それが今回は表戸が閉じられない。

「たしかに、そうですな。開けっぱなしの表をほったらかしておくわけにはいきませんな」

分銅屋仁左衛門が納得した。

「仕掛けを裏に施しておこうかと」

左馬介が告げた。

「そうでございますな。では、要りようなものを買って来させましょう」

分銅屋仁左衛門が手を叩いた。

日が暮れたとはいえ、浅草の人通りはある。日中とは比べられるわけもないが、それでも無人になることはなかった。

「帳場は締めさせていただきました」

番頭が帳面と帳場の鍵を持って来た。

「結構だよ。仕事が終わったなら帰っておくれ」

「よろしいのでございますか」

番頭が気にした。

「諫山さまがいてくださるからね」

分銅屋仁左衛門が大丈夫だと手を振った。

「さようでございますか。では、帰らせていただきますが、なにかございましたらいつでもお声をおかけください」

番頭は店ではなく、少し離れた長屋で生活をしていた。

「手代たちにも、さっさと夕食をすませて風呂へ行って来るように伝えておくれな」

下がろうとした番頭に、分銅屋仁左衛門が頼んだ。

「へい」

番頭が引き受けた。

「……そろそろよろしいかの」

店の片付けがあるていど落ち着いたところで、左馬介が分銅屋仁左衛門に問うた。

「さようでございますな。では、ご一緒に店へ移動しましょうか。裏はもう、よろしいので」

分銅屋仁左衛門が確認した。

「やるだけはやった。そうそう、破られはしないだろう」

「結構で」

うなずいた左馬介に、分銅屋仁左衛門が微笑《ほほえ》んだ。

「……人通りも減って参りましたな」

「そろそろ五つ（午後八時ごろ）を過ぎただろう」

店先で待機すること一刻（約二時間）が過ぎた。

「しかし、分銅屋どのよ。いかに旗本とはいえ、表戸を閉めて待ってはいかぬのか。来たときに戸を叩いてもらえばすむだろう」

ふと左馬介が尋ねた。

「お旗本のなかにはうるさい方が多いのでございますよ。商人が旗本が来るとわかっていて出迎えぬなど、無礼だと」

分銅屋仁左衛門が苦笑した。

「金を借りに来ているのだろう」

左馬介が驚いた。

一日働けば、なんとか二日生きていける。それが浪人の生活である。基本が日雇い仕事なので、雨でも降れば仕事がなくなり、十日ほどで干上《ひあ》がってしまう。そうなれば、烏金《からすがね》を借りることになる。

烏金とはなんの担保もなく、百文とか二百文といった小銭を貸す者のことだ。あくどいことで知られ、朝に借りた金を、夕方塒《ねぐら》に帰る烏が鳴いたときには利子を付けて返さなければならず、その利子も一日で一分という高利であった。

百文借りれば、夕方には百一文返すだけでは、さほど高利には見えないが、担保がない貧乏人を相手にしてくれるかわりに、礼金を取る。結果、返済するのは百二文になり、これが一日遅れるごとに倍になっていく。一日で返せば百二文が、翌日になると百六文になり、三日目になると百十二文へと膨らんでいく。

馬鹿げた金貸しだが、なんの財産もない日雇いの浪人に金を貸してくれる相手など他にはいないため、やむを得ず頼ることになる。当然、金を借りるほうが立場は弱く、評判の悪い烏金にも平身低頭して機嫌を取らなければならなかった。

「それが通じないのがお武家さまでしてね。だから、わたくしは田沼さまの考えに共感してお手伝いしているわけでございますよ。そもそも、入ってくる収入がわかっているくせに、その範囲で生活できず、無駄遣いを重ねて借金をする。そんな足し引きもできない馬鹿に、政《まつりごと》を任せて良いわけありません」

分銅屋仁左衛門が吐き捨てた。

「たしかに、そうだの」

左馬介も同じ意見だと首を縦に振った。

「ならば、少しだけ表を開けておけばいいのではないか。閉めていなければ、怒られまい」

「ふむ」

開いてさえいればいいのだろうと左馬介が言い、分銅屋仁左衛門が思案した。

「他人目に付かぬように気遣いしましたと言えば、文句は出ませんか」

目立ちたくないというのが、要求なのだ。店じまいの刻限を過ぎても開けているとなれば、どうしても衆目《しゅうもく》を惹く。江戸の庶民は物見高いのだ。すでに店じまいをしているはずの両替屋が、表戸を開けて明々と灯《ひ》をつけているとあれば、なにがあるのか、誰が来るのかと注目してくる。

「暖簾《のれん》を下げ、表戸を半分以上閉じておけば、奉公人が残って帳面の整理をしているだけと思ってくれましょう」

商家では締め日ごとに遅くまで算盤《そろばん》をおくことがある。両替屋などだと金勘定が合わない限り、締めはできないだけに、遅くまで算盤の音がしても不思議ではなかった。

左馬介の提案を分銅屋仁左衛門が認めた。

「では、早速に」

左馬介が表戸を半分閉めた。

「これで一度に入りこめるのは一人にできる」

両替商の間口はもともとそれほど広くなかった。米屋や酒屋のように大きな商品を出し入れすることがないからである。表戸を半分閉じれば、一人が通れるほどになった。

「鉄の栈を落とすのをお忘れなく」

「わかっている」

分銅屋仁左衛門の忠告に左馬介は首肯した。

二筋ほど離れたところで、分銅屋を見張っていた久吉がその動きに気づいた。

「まずいな。店を閉め始めたぞ。少し待ちすぎたか。折角の謀《はか》りごとが、だめになる」

人通りのなくなるのを待ち続けたことを久吉が悔やんだ。

「行きやすか」

新たに雇い入れた無頼が訊いた。

「そうだな。ただ、打ちこむまで目立たぬように静かにだぞ」

久吉が集まっている無頼たちに釘を刺した。

「先に出やすぜ。裏へ回らなきゃいけねえ」

顔に傷のある無頼が久吉に告げた。

「狼吉《ろうきち》、しっかりと用心棒を仕留めろ」

「わかってやさ。金の分は働きやす。おい」

狼吉と呼ばれた無頼が、後ろにいた二人を促して走り出した。

「こちらも負けちゃいられねえな」

残っていた久吉を除いた四人の無頼が顔を見合わせた。

「もう一度確かめさせていただきやすが、分銅屋を殺した者が別途十両もらえるでよろしゅうござんすね」

無頼のまとめ役が念を押した。

「ああ。約定するぜ」

久吉が強く首を縦に振った。

「よっしゃあ」

若い無頼が歓喜した。

「じゃあ、久吉の親分、行って来やす。ことがすんだら報せに参りやす。そしたらお出でくだせえな」

まとめ役が久吉にここで吉報を待っていろと言った。

「楽しみにしてる」

久吉が送り出した。

「次郎吉《じろきち》の兄い、どうして久吉の親分を同行してもらわなかったので。一人でも味方は多いほうがいいでやしょうに」

若い無頼がまとめ役に訊いた。

「だからおめえは甘いんだよ。今日の獲物はなんだ。両替屋だろうが。両替屋には金が唸っているんだ。主をぶち殺すついでに、金の隠し場所なんぞを見つけられたら……」

「……おいらたちのものにできる」

「そうだ。もし久吉の親分が一緒にいてみろ。金は取りあげられ、ほんの雀《すずめ》の涙ほどの分け前でごまかされる。そうなってはたまらねえだろう」

「それはそうだ。さすがは兄い」

若い無頼が感心した。

「他にも分銅屋の財布に煙草入れ、金目のものは全部こっちでいただいてしまおうというわけだ。金さえあれば、江戸を離れて田舎の宿場に落ち着くのもいいぜ。田舎の宿場なんぞ、碌《ろく》な野郎もいねえし、役人もたいしたことねえ。あっさりとおいらたちのものにできる。そうなりゃあ、女は抱き放題、酒も飲み放題だ」

「うおっ、たまらねえ」

次郎吉の煽《あお》りに、若い無頼が興奮した。

「そのためには、今頑張るしかねえ。おいらたちにはもう帰る縄張りがねえんだ」

「へいっ」

若い無頼が気合いを入れた。

二

店の上がり框《かまち》に座っていた左馬介が立ちあがった。

「諫山さま……」

「下がっていてくれ」

声をかけた分銅屋仁左衛門に言って、左馬介が鉄扇《てっせん》を手にした。

「わあああ」

近づいたことで若い無頼が押さえ切れず、気合い声をあげて、開いた表戸の隙間から躍りこんできた。

「ぬん」

若い無頼がぶつけてきた長脇差を鉄扇で払い、そのまま首筋に左馬介が打ちこんだ。

「ぐへっ」

首の骨を折られた若い無頼が死んだ。

「馬鹿のようですな。黙ってくれれば旗本かと一瞬躊躇《ちゅうちょ》したでしょうに」

分銅屋仁左衛門があきれた。

「餌介《えすけ》」

後を追うように入ってきた別の無頼が、倒れている若い無頼に蹴躓《けつまず》きそうになってたたらを踏んだ。

「くらえっ」

そんな隙を見逃すようでは、とっくに命をなくしている。左馬介は遠慮ない一撃を、体勢を崩した無頼の脇腹へ喰らわせた。

「…………」

肝臓は人の急所である。そこに鉄扇の強烈な打撃を受けては、たまらない。無頼が声もなく崩れ落ちた。

「蹴破れっ。開いているほうは罠《わな》だ」

外で様子を感じた次郎吉が、残った無頼に閉まっている表戸を破れと命じた。

「おうよ」

大柄な無頼が表戸を力任せに蹴った。

「ぎゃああ」

鉄栓が仕込まれていたところを蹴飛ばした大きな無頼が、右足を抱えて転げ回った。

「なんだ、どうなってる」

次郎吉が焦った。

表の騒ぎより少し早く、裏へ回った狼吉たちが勝手口の木戸が釘付けされていることに戸惑っていた。

「開かねえ」

「裏側を板打ちしてやがる」

「しかたねえ。塀を乗りこえるぞ」

狼吉の指示で、男たちが塀に手をかけて、こえた。

「よし、一気に台所から入るぞ。いいか、女がいても我慢しろよ。目的は用心棒だ」

「わかってる。でもよ、用心棒を片付けた後でなら、いいだろう」

瘦せ形の無頼が狼吉に強請《ねだ》った。

「しかたねえな。まったく、盛りのついた犬だな、おめえは」

狼吉が渋々認めた。

「いひゃひゃひゃ」

奇妙な笑い声をあげて瘦せ形の無頼が母屋へと近づいた。

「…………」

台所口に手をかけたところで、瘦せ形の無頼が止まった。

「どうした、おい」

もう一人の無頼が、瘦せ形の無頼の肩に触れた。とたんに瘦せ形の無頼が崩れ落ちた。

「……おわっ」

肩に触れた無頼が驚いて後ろに飛んだ。

「死んでる」

瘦せ形の無頼の喉に一本の手裏剣が突き刺さっていた。

「おい、ばれているぞ」

狼吉が襲撃が知られていたと気づいた。

「ど、どうする」

残った無頼が狼吉に頼った。

「逃げるぞ」

狼吉が見切りを付けた。

「ま、待ってくれ」

背を向けて走り出した狼吉の後を残された無頼が追いかけた。

「くそっ、勝手口は遣えねえ」

もう一度塀をこえなければならないと知った狼吉が舌打ちをした。

「おい、踏み台になれ。上から引きあげてやる」

狼吉が振り向いて、もう一人に話しかけた。

「……げっ」

すでにもう一人も地に伏していた。

「わっ、わ」

狼吉が恐慌に堕ちた。

「……ひっ」

塀に昇ろうとした狼吉は、上から見下ろす影と目があった。

「た、助けてくれ」

狼吉が泣きすがった。

「上様のご城下を汚《けが》す者に、慈悲はない」

冷たい声がして、影が跳んだ。

「わあああ……」

盆の窪《くぼ》に手裏剣を突き刺されて、狼吉の叫びが途切れた。

一人になった次郎吉は少し離れたところから店のなかを覗いた。

「二人ともやられたか。あの浪人だな」

次郎吉が苦い顔をした。

「しかたねえ。狼吉たちが裏から入りこむのを待つしかねえか」

背後から攻撃をすれば、浪人もそちらに気を取られる。

「その隙に分銅屋をやるしかねえな」

次郎吉が懐に潜ませた匕首《あいくち》をさすった。

「諫山さま、終わりましたか」

静かになったと分銅屋仁左衛門が問うた。

「いいや、もう一人、いや二人いる」

己が明るいところにいるために、暗い路上にいる次郎吉の顔や形は判別できないが、左馬介の目にも人の姿は見えていた。

「もう閉めてもよいよな」

「はい。お旗本さまはお見えにならないようでございますし」

左馬介の求めに、分銅屋仁左衛門がうなずいた。

「番町のお旗本なんぞ、最初からいなかったのだろうな」

「加賀屋の手配でしょうな。加賀屋なら旗本の用人風の男を用意するくらいは簡単なことでございますから」

話をしながら、左馬介はゆっくりと表戸に近づいた。

「ちっ、閉める気だな」

次郎吉が舌打ちをした。

仲間の無頼が足を折るほど丈夫な表戸を閉じられては、もう手出しはできなくなる。

「くそっ。金を稼がなきゃ、生きて行けねんだよ」

口のなかで決意した次郎吉が、表戸を閉めに近づいた左馬介へ向けて匕首を投げつけ、そのまま走り寄った。

「おわっ」

注意していたとはいえ、暗いところから投げられたものは判別しにくい。咄嗟《とっさ》に避けた左馬介だったが、匕首が細い首ではなく広い胸を狙っていたことで逃げきれなかった。

「くわっ」

右胸に匕首が刺さった左馬介が悲鳴をあげた。

「諫山さまっ」

分銅屋仁左衛門が大声を出した。

「やったぜ、用心棒の次は……」

左馬介を仕留めたと思った次郎吉が表戸を抜けて、分銅屋仁左衛門へと迫った。

「死にやがれ」

武器のなくなった次郎吉が、分銅屋仁左衛門を絞め殺そうと両手を伸ばした。

「やあ」

帳場の奥に座っていた分銅屋仁左衛門が手元にあった銭函《ぜにばこ》を摑んで投げた。中身の銭は奥の金庫へしまっていたが、分厚い木を組み合わせたうえ、四隅に鉄を打った箱は十二分に重い。

「わとっ」

残りは戦えない分銅屋仁左衛門だけと油断していた次郎吉がまともに銭函を受け止めた。

「ぎゃあ」

胸にぶち当たった重い銭函の衝撃に次郎吉が絶叫した。

「……こいつが」

痛みのあまり動きの止まった次郎吉に、左馬介が追いついた。

「返すぞ」

左馬介は己の右胸に突き刺さっていた匕首を抜いて、背中から次郎吉の心臓目がけて突き刺した。

「ぐっ」

苦鳴一つで、次郎吉が死んだ。

「諫山さま、お怪我は」

分銅屋仁左衛門が駆け寄った。

「………………」

ふらふらと左馬介が腰を落とした。

「誰か、誰か。医者を呼んでおいで。諫山さまが、諫山さまが」

大声で分銅屋仁左衛門が叫んだ。

「諫山さまが……」

その声に飛び出してきたのは喜代であった。上《かみ》の女中という主とその家族、来客の対応を主な仕事とする喜代は、一階奥の台所脇に寝泊まりしていた。

「匕首が胸に刺さって……」

「……どいてくださいまし」

慌てる分銅屋仁左衛門を手で制し、喜代が左馬介に近づいた。

「諫山さま」

「喜代どのか」

「ごめんなさい」

尻餅を突いたような形の左馬介の衣服に喜代が手をかけて、一気にくつろがせた。

「痛《つ》う」

傷口に接していた襦袢《じゅばん》まで引き剝がされたので、左馬介が顔をゆがめた。

「……っ」

出血している傷口に喜代が息を呑んだ。

「どうだい」

「旦那さま、手燭《てしょく》を」

覗きこもうとした分銅屋仁左衛門に、喜代が言いつけた。

「あ、灯《あか》りだね」

分銅屋仁左衛門が素直に従った。

「痛まれますか」

「わからん。傷口が熱いのしかわからん」

喜代の問いに左馬介が首を左右に振った。

「旦那、柾庵《きゅうあん》先生を呼んで来ます」

ようやく二階の奉公人部屋から、手代が降りてきた。

「一人で行くんじゃない。二人で行きなさい。注意するんだよ」

「へい」

分銅屋仁左衛門の注意を聞いて、手代たちが出ていった。

「あと、布屋《ぬのや》の親分のところにも行っておくれ」

「へい。行くぞ、三吉《さんきち》」

手代が丁稚《でっち》を連れて走っていった。

「水を持って来て」

集まりだした奉公人に、喜代が言った。

「すぐに」

台所へ駆けこみ、丁稚が手桶《ておけ》に水を汲《く》んできた。

「諫山さま、少し痛みますよ」

「かまわぬが、できるだけそっとしてくれ」

傷口を洗おうとしている喜代に、左馬介が頼んだ。

「男は情けないことを言わないものです。命にかかわる怪我なんですよ」

喜代が左馬介を叱った。

「むっ」

左馬介が黙った。

「……思っていたよりも浅い」

血を洗えば、傷口が露《あら》わになる。

「どうなんだい」

分銅屋仁左衛門がもう一度顔を近づけた。

「どうやら綿入れのおかげで助かったようでございまする」

喜代が告げた。

綿入れは厚みがある。このおかげで匕首の勢いがかなり削《そ》がれたうえ、肋骨《ろっこつ》に当たったことで切っ先がずれて深く入らずにすんでいた。

「匕首だったのもよかったかの」

左馬介がほっと息を吐いた。

「どういうことでございますか」

意味がわからないと分銅屋仁左衛門が首をかしげた。

「無頼は匕首の手入れなんぞせんからの。切っ先がかなり鈍っていたのだろう。突き刺したときに、やたら抵抗があった」

左馬介が告げた。

「……ひえっ」

そう言われて、ようやく喜代が次郎吉の死体に気づいた。

「今ごろかい」

分銅屋仁左衛門があきれた。

「まあ、それだけ諌山さまのことが心配だったんだろうが……」

「…………」

喜代が真っ赤になった。

「悪いが、先に血止めをしてもらえると助かる」

放置された左馬介が手当を求めた。

「ああ、すぐに」

喜代が懐から手拭いを出して、傷口に当てた。

「しばし動かれませぬよう」

「…………」

先ほどと違い、命の危険がないとわかった左馬介は、喜代からただよう鬢付《びんつ》け油の匂いを感じる余裕を取り戻し、思った以上に近い距離に焦った。

「……まんざらでもなさそうな」

分銅屋仁左衛門が小さく呟《つぶや》いた。

外から一部始終を見ていた久吉が舌打ちをした。

「ちっ。情けねえ、しくじりやがった」

分銅屋から奉公人が出てきて、どこかへ報せに走ったのだ。次郎吉たちの襲撃は失敗したと考えるしかなかった。

「せめて用心棒か、分銅屋に傷でも負わしていてくれればよいのだが」

いくら喰うに困った使い捨ての連中を使ったとはいえ、金はかかっている。多少でも成果をなしてくれないと丸損であった。

「覗きこむわけにもいかぬしな」

久吉の顔は分銅屋の一同に覚えられている。顔を見られれば、今回のことが久吉の指示だとばれてしまう。

「……親分さん」

表戸を蹴破ろうとして足の骨をやった大柄な無頼が這《は》いずって逃げて来ていた。

「おめえか」

冷たい目で久吉が大柄な無頼を見下ろした。

「どうなった、なかは」

「わからねえ。次郎吉の兄いが得意の投げ匕首をしたまでは見ていやしたが……」

訊かれた大柄な無頼が首を左右に振った。

「情けねえ。まったく役立たずな連中だ」

久吉がため息を吐《つ》いた。

「帰るか」

「か、駕籠を呼んでくだせえ」

自力で歩けない大柄な無頼が背を向けた久吉に頼んだ。

「駕籠だと。そんな足の付くようなまねができるか」

「そんなあ、このままじゃあ、捕まってしまいやす」

にべもなく拒んだ久吉に、大柄な無頼が泣き声をあげた。

「捕まらねえところに送ってやるよ」

素早く匕首を抜いた久吉が、大柄な無頼の背中に足を乗せて動きを止めた。

「な、なにを」

「…………」

背骨を上から押さえられるとかなり力の差があっても、身動きがほとんどとれなくなる。手足をばたつかせて拘束から逃れようとする大柄な無頼の首筋へ、久吉が匕首を叩きこんだ。

「くへっ」

空気の抜けるような声を最期に、大柄な無頼が動かなくなった。

「匕首はくれてやるよ。六文銭代わりにしな」

久吉が大柄な無頼から離れた。

三

医者も商売である。金持ちの患家《かんか》は大切であった。

さすがにまだ夜中ではなかったが、分銅屋仁左衛門の招きに外道医柾庵はこころよく応じた。

「どこじゃ、患家は。この柾庵が来たからには大事な……おわっ」

急いで来たのを強調するために店へ飛びこんだ柾庵が、次郎吉の死体に驚いた。

「先生、遅くにありがとう存じまする」

「ふ、分銅屋どの、これは」

惨状に柾庵が震えた。

「盗賊でございますよ。それを用心棒の諫山さまが撃退してくださった。ただ、そのときに諫山さまが傷を負われたので先生をお願いしたと」

「ああ、ああ、なるほど」

よく飲みこめていないとあきらかにわかる応答を柾庵がした。

「で、用心棒どのはどちらに」

「目の前におりまする」

まだ落ち着けていない柾庵に、喜代がきつい言葉で応じた。

「おおっ。この御仁か。どれどれ」

柾庵が、座っている左馬介の隣にしゃがみ込んだ。

「灯りを……傷口はこれじゃな。ふむふむ」

さすがは医者というべきか、傷口を見た柾庵の目つきが変わった。

「これは匕首か。突き刺したにしてはみょうな傷口じゃが……」

「投げつけられたのでござる」

「なるほど。投げたか」

左馬介の答えに、柾庵が答えた。

「ちと探るぞ。辛抱せい」

「…………」

柾庵に言われた左馬介が歯を食いしばった。

「力を抜かんか。筋が固くなって傷口が締まるではないか」

分銅屋仁左衛門の治療でないのもある。柾庵が乱暴な口調で左馬介を叱った。

「はあ」

左馬介が力を抜いた。

「………………」

「あつっ」

無言で柾庵が指を傷口に入れ、その痛みに左馬介が呻《うめ》いた。

「肺腑《はいふ》までは届いておらぬな。安心せい。さほどの怪我ではないわ」

柾庵が抜いた指を、左馬介が傷口を押さえるのに使っていた手拭いで拭いた。

「お女中、焼酎はござるかの」

「今、お持ちいたしまする」

柾庵に言われた喜代が台所へと消えた。

「……これでよろしゅうございましょうか」

喜代がとっくりに入った焼酎を柾庵に渡した。

「どれ……よろしゅうござる」

栓を取り、匂いを嗅いだ柾庵がうなずいた。

「動かぬようにの」

一言告げてから柾庵が左馬介の傷口に焼酎をかけた。

「……うっ」

左馬介が苦鳴をかみ殺した。

「傷は浅いが、油断するなよ。傷口が膿《う》めば、命にかかわるぞ。毎日朝晩、焼酎で傷口を洗い、新しい晒《さら》しでしっかりと巻きなさい」

柾庵が治療法について説明した。

「分銅屋さん。大事らしいな」

そこへ御用聞き布屋の親分が顔を出した。

「これは親分さん、ご足労いただきまして」

分銅屋仁左衛門が小腰を屈めた。

「盗賊だと聞きやしたが、……こいつはひでえな」

惨状に布屋の親分が眉をひそめた。

「お怪我をしたのでござんすか」

御用聞きは浪人にもていねいな口を利く者が多い。

「そいつの背中に刺さっている匕首だ」

「へっ」

左馬介の簡潔すぎる説明に布屋の親分が戸惑った。

「最初からお話ししなければ、わかりませんよ」

苦笑した分銅屋仁左衛門が代わって語った。

「なるほど」

布屋の親分が納得した。

「こいつらに見覚えはございやせんか」

怨恨という説もある。布屋の親分が倒れている無頼たちのことを知っているかと左馬介に問うた。

「まったくござらぬ。初めて見る顔でござる」

用心棒という仕事の性格上、近隣の無頼は覚えるようにしている。左馬介の記憶に、今回の無頼はまったくなかった。

「そうですかい」

布屋の親分があっさりと引いた。

「こいつらを一度自身番へ引き取りやす」

一通り状況を見た布屋の親分が告げた。

「お願いをいたしまする」

一礼した分銅屋仁左衛門が、すっと布屋の親分に近づいた。

「これは精進落としにでもお使いくださいな」

てばやく二分金を分銅屋仁左衛門が布屋の親分の袂《たもと》に落とした。

「こいつは、どうも」

配下への手当に困っている御用聞きにとって、こういった臨時の心遣いはありがたいものであった。

「遠慮なく」

金を受け取った布屋の親分が配下を指図して、無頼たちの死体を運んでいった。

「……終わりましたかね」

やっと表戸を閉めて、分銅屋仁左衛門が安堵した。

「さすがに今夜は……」

同意しかけた左馬介が表情を変えた。

「どうしました、諫山さま。傷口でも痛みますか……」

「勝手口のことを忘れていた」

「あっ」

左馬介と分銅屋仁左衛門が顔を見合わせた。

「親分を呼び返しましょう」

もし、まだ無頼が残っていてはまずい。怪我をしている左馬介を分銅屋仁左衛門が気遣った。

「なにもなければ、かえってまずいぞ。裏に罠を張った跡がある。なんでそんなまねをした、襲われると知っていたんだろうと追及されては面倒になる」

まさかお庭番から教えてもらいましたとは言えない。左馬介が勝手口の現状を確認するべきだと主張した。

「むう、たしかにそうですな」

苦渋の選択だと、分銅屋仁左衛門が左馬介の提案を呑んだ。

「手燭はわたくしが持ちましょう」

右胸を怪我して、利き腕の遣えなくなっている左馬介を、分銅屋仁左衛門が慮《おもんぱか》った。

「助かる」

左馬介も遠慮はしなかった。

無事な左手に鉄扇を持ち、左馬介が台所口を開けた。

「……誰もいない」

台所口から、顔だけ出して左馬介が周囲を確認した。

「少し出る。すぐに戸を閉じられるよう、しておいてくれ」

待ち伏せがあったときのために、左馬介が分銅屋仁左衛門に準備を求めた。

「わかっておりますよ」

分銅屋仁左衛門もその辺はわきまえている。金を払って用心棒を雇っているのは分銅屋仁左衛門なのだ。その分銅屋仁左衛門が用心棒の安全を気にしすぎて、己や店に被害が及ぶことを無視しては意味がない。

「…………」

鉄扇を身体《からだ》の前に出しながら、左馬介がゆっくりと庭へと進んで行った。

「……やはりおらぬ」

左馬介は鉄扇を少し下げた。

「いかがでございますか」

「しばし待たれよ。屋根上と床下を確認いたす」

台所のなかから尋ねた分銅屋仁左衛門に、左馬介が答えた。

分銅屋の床下には鉄棒を仕込んだ鼠返《ねずみがえ》しがある。だからといって床下には入りこめないというわけではない。人が作ったものを人が壊せないわけはないのだ。

床下の無事を見て、屋根の上を目を眇《すが》めて確かめた左馬介が、一人うなずいた。

「分銅屋どの、誰もおらぬ」

「では、わたくしも」

手燭を持って、分銅屋仁左衛門が庭へ出てきた。

「たしかに誰もいませんなあ」

手燭であちこちを照らしながら、分銅屋仁左衛門が述べた。

「裏からは来なかったのでしょうかね」

分銅屋仁左衛門が気を緩めた。

「……いや、来てるな」

勝手口に近づいた左馬介が、地面に残された狼吉断末魔の跡を見つけた。

「本当でございますか」

分銅屋仁左衛門が近づき、地面を提灯《ちょうちん》で照らした。

「これは……」

地面に残された指の跡に、分銅屋仁左衛門の血の気が引いた。

「今度も死体はなしか」

前回、分銅屋が前後から襲われたときも、死体は綺麗《きれい》に消え失《う》せていた。

左馬介が寒そうに身体を震わせた。

「どうすべきかの、分銅屋どの」

裏口でのことも布屋の親分に報せるべきかどうかを、左馬介が問うた。

「説明のしようがありませんからね。気付かなかったことにいたしましょう」

分銅屋仁左衛門が決定した。

「承知した」

左馬介もすんなり受け入れた。

町奉行所の役人というのは、かなり面倒くさい相手であった。

まず、協力するのが当たり前だと考えている。左馬介のようなその日暮らしの浪人にとって、自身番や大番屋へ呼び出されての事情聴取は厄のようなものでしかなかった。

なにせ対価が出ないのだ。それこそ朝から晩まで束縛されても、一文の金にもならない。どころか、それから解放されるためには、袖の下を使わなければならなかった。

「なにか知られてはまずいことでもあるのだろう」

「どうして我らに協力しない。さては後ろ暗いことがあるな」

我慢して応じれば応じるほど、町奉行所役人は増長する。なにせ、端《はな》から浪人は碌《ろく》なことをしていないという先入観を持っているのだ。

さらにこちらの話を最初から疑ってかかっている。

「先ほども同じ話をいたしましたが……」

何度も同じ話をさせて、違うところが出てくれば、待ってましたと絡んでくる。

袖の下を渡すまで、そんな状態を続けさせられてはたまったものではない。

金だけで話は終わる男ならばまだいい。若い女などが自身番へ連れこまれたら、もっと酷い目に遭った。

「変なものを持っていないか」

まず衣服を剝がされる。

「女には男にない隠し場所があるよなあ」

酷い御用聞きになると、秘所に指や十手を入れてなかを探る。

「なあに、ちょいと天井の染みを数えていれば、終わるさ」

最後には身体を求められる。

浪人だけではなく、裏長屋で生活をしている連中にとって一日収入がないどころか、機嫌取りの金まで取られる御用聞きは、鬼門中の鬼門であった。

「罠を外しておかねばならぬが……」

右手が使いにくい左馬介が困惑した。

「そっちは明るくなってから奉公人にさせますよ」

分銅屋仁左衛門が言った。

「それまでに布屋の親分が戻って来ないか」

「来ても大丈夫ですよ。表がやられたので、あわてて裏木戸を閉じましたと言えば、すみまする」

死体が転がっていなければ、言いわけは利く。

「ならば、そうしてくれ」

浅いとはいえ痛みの強い胸に傷を負い、血を流した左馬介は疲れ果てていた。

「なかへ入りましょう。喜代に夜具を用意させます。明日は休んでくださって結構ですよ」

「甘えさせてもらおう」

分銅屋仁左衛門の厚意に、左馬介は従った。

四

大番屋は町奉行所与力、同心の組屋敷がある八丁堀《はっちょうぼり》に近い。

「ずいぶんな死体《ほとけ》じゃねえか」

月番町奉行所の同心が布屋の親分が持ちこんだ無頼の死体に驚いた。

「お初にお目にかかりやす。南町奉行所の山中《やまなか》さまから手札をお預かりしております布屋可兵衛《かへえ》と申しまする」

布屋の親分が大番屋の当番同心に挨拶をした。

「南の山中……臨時廻《まわ》りの山中さんか」

「へい」

思いあたった同心に、布屋の親分がうなずいた。

「こいつらはどうした」

「浅草の両替商分銅屋に押し入った賊どもで」

当番同心の問いに、布屋の親分が答えた。

「死んでいるようだが、おめえがやったのか」

「とんでもねえことで」

言われた布屋の親分が首を左右に振った。

御用聞きは公のものではないが、町奉行所の役人である。町奉行所の役人は、罪を犯した者を討つのではなく捕まえるのが任であり、手に余れば討ち取っていいと認められている火付け盗賊改め方とは違う。

「じゃ、これは……」

「分銅屋の用心棒が仕留めたそうで」

「用心棒だあ……」

当番同心が怪訝な顔をした。

「その用心棒は浪人じゃねえのか。こいつの背中に刺さっているのは匕首だぞ」

浪人の用心棒は太刀《たち》を使う。まれに血を嫌って棒などを得物とするものもいるが、匕首を使う浪人はまずいなかった。

「浪人でございますよ。その匕首には……」

そうなったいきさつを布屋の親分が話した。

「なるほどな。匕首を投げられた……待てよ。匕首を投げる」

当番同心が腕を組んで考えこんだ。

「おいっ、こいつの顔を見せてくれ」

当番同心が求めた。

「ひっくり返すことになりやすが……」

そのまま表向ければ、背中の匕首が床に押されてさらに食いこむ。匕首を抜いても良いかと布屋の親分が尋ねた。

「かまわねえ。致命傷はその傷と決まっているんだ。抜いても変わりはしねえよ」

「では……固てえ」

突き刺さった匕首に肉が巻き付いて、布屋の親分が苦労した。

「ふうう、やっと抜けた」

すでに心の臓は止まっている。血が噴き出ることはなかったが、傷口から結構な量の血が大番屋の土間へと垂れた。

「おい、おめえたち、ひっくり返せ」

そこから先は配下たちの仕事だと、布屋の親分が命じた。

「へい」

下っ引きが二人出て、次郎吉を仰向《あおむ》けにした。

「灯りを寄こせ」

当番同心が大番屋所属の小者《こもの》に蠟燭《ろうそく》を持って来させ、次郎吉の顔を覗きこんだ。

「心の臓を一突きされたからだな。顔が苦しみで曲がってやがるが……まちがいねえな。こいつご手配の下手人《げしゅにん》だぞ」

仕事柄慣れているのか、触れあうくらいに顔を近づけた当番同心が言った。

「えっ、下手人」

布屋の親分が驚いた。

下手人とは人を殺した者のことをいう。捕まればまず死刑になる重罪人であった。

「手配書を持って来い」

「へい」

小者がすぐに手配書の束を差し出した。

「……これじゃねえ、これも違う……あった、こいつだ」

十枚くらいの手配書を繰った当番同心が見つけた。

「無宿次郎吉、二年前に深川《ふかがわ》で女を犯していたところを通行人に見つかり、女を刺した後、番屋へ報せに走ろうとした通行人に匕首を投げつけて殺している」

「二人も……」

話を聞いた布屋の親分が息を呑んだ。

「はっきりとわかっているのは、これだけだがな。ここ一年ほどの間に、麻布のあたりで、胸に目がけて匕首を投げ、人を殺したというのが二件ほど起きている」

当番同心が付け加えた。

「お手柄だぞ、可兵衛」

「旦那に報せねえと」

褒められた布屋の親分が焦った。

御用聞きはいくら手柄を立てても出世はしない。同心になれるわけでもなく、町奉行所の小者として雇われることもない。せいぜい、手札をくれている旦那から、金一封が出るくらいだ。

しかし、これはまずかった。御用聞きが下手人をあげて大番屋に連れて行くと、手札を預けてくれている旦那を素通りしてしまう。そう、旦那の手柄にならないのだ。

いや、今回はよりまずい。死んでいるのがご手配の下手人だと見抜いたのが、山中小十郎《こじゅうろう》ではなく、大番屋の当番同心、それも月番が北町奉行所のときの当番同心である。手柄を北町に持っていかれても文句は言えなかった。

「先に報せろよ。いい恥さらしじゃねえか」

当然、それを知った旦那と呼ばれる同心や与力は不機嫌になる。

もちろん、手柄を立てても町方役人の身分は固定なので、与力が町奉行になれるわけでもないし、同心が与力に出世するわけでもない。それでも手柄を立てれば、有能だとの証明になり、与力は筆頭与力に、同心は花形の定町廻《じょうまちまわ》り同心や臨時廻り同心になれる可能性があがる。

また、すでにその職にあったとしても、名与力、腕利き同心という評判を得ることはできる。評判になれば、出入りを願ってくる商家も増えるし、女にももてる。

まさに金のある色男になるのだ。

その好機を奪ったとあれば、旦那の怒りは必至で、下手をすると十手を取りあげられてしまう。

布屋の親分が顔色を変えたのも当然であった。

「わかっている」

当番同心が布屋の親分の肩を叩いた。

「旦那……」

「報せて来い。山中さんが来るまで、奉行所への報せは待つ」

「かたじけねえ」

当番同心の言葉に布屋の親分が感動した。

「後で挨拶はしてくれよ」

「承知しておりやすとも」

当番同心と同席していた小者に幾ばくかの謝礼を払わなければならなくなったが、それくらいはたいしたことではない。

布屋の親分が大急ぎで、山中の組屋敷へ走った。

町奉行所同心はその禄三十俵二人扶持ていどと、幕府で最下級に近い。とても門番を雇う余裕などない。いや、門番は不要であった。

「山中の旦那」

同心の組屋敷の門は、とくに廻り方同心の屋敷は門に閂《かんぬき》をかけていなかった。いつ縄張りに異状があっても、門のところで手間取ることなく報せが受けられるようにするのが町方役人としての心得であった。

もちろん、町奉行所同心の屋敷に盗みに入る馬鹿などいないというのもあった。

「どうした、可兵衛」

「旦那、大事で……」

布屋の親分の報告を受けた南町奉行所臨時廻り同心山中小十郎は歓声をあげた。

「でかしたぞ」

山中小十郎が急いで身形《みなり》を整えた。

「筆頭与力さまのところへ行く。おめえは大番屋へ戻っていろ」

布屋の親分を帰して、山中小十郎は南町奉行所筆頭与力清水源次郎《しみずげんじろう》の屋敷へと向かった。

与力は二百石内外を与えられている。屋敷も同心のものよりかなり広く、小者や中《ちゅう》間《げん》も抱えていた。

門番小者をたたき起こして清水源次郎へ山中小十郎は目通りを求めた。

「なにがあった」

すでに寝ていたのか、清水源次郎は夜着姿で玄関まで出てきた。

「……ということでございまする」

「でかしたぞ」

清水源次郎も興奮した。

「明日、早速お奉行さまに申しあげる」

すでに死んでいる下手人の報告で、激務の町奉行を夜中にたたき起こすわけにはいかなかった。

「きっとその方にもお褒めがあろう」

「よしなにお願いをいたしまする」

清水源次郎の言葉に山中小十郎も喜んだ。

山中小十郎の興奮は、翌朝までだった。

「ちょっと来い」

同心溜《だ》まりに出勤した山中小十郎を清水源次郎が呼び出した。

「筆頭与力さま、いかがでございましょう」

南町奉行山田《やまだ》肥後守《ひごのかみ》からの称賛を受けたと思いこんでいる山中小十郎に、清水源次郎が苦い顔をした。

「筆頭与力さま……」

清水源次郎の態度に山中小十郎が怪訝な顔をした。

「なかったことにせよとの仰せだ」

「はあ」

思わず山中小十郎が盛大に驚きの声をあげた。

「なぜでございますか」

「…………」

山中小十郎が嚙《か》みついた。

「北町に手柄をくれてやるおつもりだと、お奉行は……」

「あちらも手柄にはせぬ」

「へっ」

清水源次郎の言葉に、山中小十郎が今度は間抜けた反応をした。

江戸の町奉行は北と南の二人いた。一時は中町奉行所を創設し、三奉行となったこともあるが、かえって仕事がややこしくなり、結局北と南の二人体制に戻っていた。

町奉行は天下三奉行の一つと言われ、役高は三千石と高く、将軍のお膝元の治安と行政、防災を担当する。激務であるだけに、名門旗本のなかでもとくに優秀な者が、いろいろな役目を経験した後に抜擢《ばってき》される名誉ある役目であった。

また、無事に勤めあげれば旗本最高の役目とされる大目付や留守居《るすい》への出世もある。事実、八代将軍吉宗の信頼を得た南町奉行大岡越前守忠相《おおおかえちぜんのかみただすけ》のように寺社奉行へと転じ、大名になった者もいる。

とはいえ、町奉行以上は、まさに狭き門になる。大目付や留守居になるのは、町奉行経験者だけではなく、勘定奉行、大番頭、書院番頭、小姓頭などからもあがっているのだ。

どれも能力も実績もある者ばかり、そのなかで抜きん出るにはそれだけの功績が要る。

なかでも同じ役目に就き、比較されやすい南北の町奉行は互いに競い合い、足を引っ張り合う好敵手の関係にある。

そんな町奉行が、相手の落ち度になり、己の手柄になることを見逃すはずはなかった。

「分銅屋だ」

「それがどうかいたしましたか。たしかに次郎吉は分銅屋を襲って返り討ちにされました。まさか、それに問題があるなどと言われますまいな」

山中小十郎が詰め寄った。

盗賊や人殺しに遭遇し、抵抗したため相手を傷つけた、あるいは殺してしまったは罪にならなかった。当たり前である。これが認められなくなれば、庶民は身を守ることさえできなくなるし、商家は用心棒を雇い入れられなくなる。なにより、盗賊たちが大喜びをする。反撃をしてはならぬと町奉行所が言ったも同然なのだ。安心して押し込み強盗や居直り強盗ができる。

いや、辻斬《つじぎ》りも幕初のころのように横行し、江戸の治安は麻のように乱れる。

町奉行所の同心として、これは決して認めてはいけなかった。

「違うわ。少し、落ち着け」

唾がかかるほど近い山中小十郎を清水源次郎が突き放した。

「いいか、襲われたのが分銅屋だというのがまずいのだ」

「……まさか」

山中小十郎が息を呑んだ。

もともと分銅屋仁左衛門は北町奉行所を出入りにしていた。それが北町奉行所とも め事を起こして、南町奉行所へ鞍替《くらが》えしてきた。そこになにがあったか、詳しくはわかっていないが、きなくさいものを南町奉行所の役人たちは感じていた。

「他言無用ぞ」

「もちろんでございまする。山中は先祖代々の町方同心でござる」

町奉行所の役人は口が固くなければならない。

確認する清水源次郎に、山中小十郎が胸を張った。

「お目付さまから、お奉行に申し入れがあった。分銅屋に無体を仕掛けた者のことを調べるなと」

「……馬鹿なっ」

清水源次郎の話に山中小十郎が驚愕《きょうがく》した。

「声が大きい」

同心溜まりに聞こえたのではないかと清水源次郎が、目をやった。

「すみませぬ。ですが……」

「理由はわからぬ。拙者も教えてもらっておらぬ。いや、お奉行さまでさえご存じないのではないか」

清水源次郎が追及する山中小十郎へ首を横に振った。

「では、どうせよと」

「流れの無宿人が、適当に金のありそうな店へ押し入った」

筋書きを問うた山中小十郎へ清水源次郎が答えた。

「なかったことにせよというわけではないのでございますな」

「さすがにそれはまずかろう。分銅屋は襲われていない、無頼の死体などなかったとしてみろ、分銅屋は町奉行所に見切りを付けるぞ」

「火付け盗賊改め方へ行くと」

「それは避けねばならぬ」

山中小十郎が口にしたことを清水源次郎が嫌がった。

火付け盗賊改め方はお先手組《さきてぐみ》の加役《かやく》である。加役とは本来のお役目以外に命じられるもので、期間などが決められるのが普通であった。もともとは火付けや強盗の増える秋から冬にかけてお先手組のなかから一つ、あるいは二つが選ばれて赴任した。

お先手組はその名前の通り、徳川家が戦場に出たとき、先陣を切る役目であり、旗本のなかでも武に優れた者が集められた。それだけに気性も荒い。町奉行所はかなりの抵抗を受けても、梯子段《はしごだん》や戸板を遣って犯罪人を生かしたまま捕らえなければならないのに、火付け盗賊改め方は手に余れば討ち果たしてもよいとされている。

凶悪な盗賊や辻斬り、火付けなどと丁々発止とやり合い、武力をもって制圧する火付け盗賊改め方は、派手好きな江戸の庶民の人気も高く、町奉行所としては縄張りを侵されていることもありおもしろくない。

「はい」

「下手人としての手柄はあきらめてくれ。ただの無頼、分銅屋とはなんの縁もゆかりもない流れの仕事として、今回のことは処理される」

「わかりましてございまする」

町奉行、筆頭与力が納得しているのだ。同心が一人反対したところでどうにもならなかった。

「では、そのつもりで分銅屋へ参りまする」

「悪いな」

強盗に襲われ、人死にが出ているとあれば、分銅屋仁左衛門と左馬介への聞き取りも必須になる。落としどころへ、分銅屋仁左衛門たちを誘導してくると述べた山中小十郎に、清水源次郎がうなずいた。

筆頭与力と臨時廻り同心の遣《や》り取りを、同心溜まりの端で佐藤猪之助《いのすけ》が耳をそばだてて聞いていた。

「分銅屋の名前が出たな。また襲われたか」

さすがに詳細まで聞き取れるものではない。話している二人も、そこは心得ている。が、その名前だけで佐藤猪之助には十分であった。

「かかわるなと言われたが、拙者には奥の手がある」

佐藤猪之助が目を光らせた。

南町奉行所定町廻り同心佐藤猪之助は、己の縄張りで斬殺されていた旗本田野里《たのさと》家の臣井田《いだ》について調べ、左馬介が手を下したのではないかと疑った。

しつこく左馬介につきまとった佐藤猪之助に分銅屋仁左衛門が対応をし、田沼意次を通じて田野里を動かし、井田の死は上意討ちであったとした。

それに納得しなかった佐藤猪之助はあきらめず、分銅屋仁左衛門にも手を出し、ついに南町奉行山田肥後守の意を汲んだ清水源次郎から叱られ、一件から無理矢理手を引かされた。

「安本《やすもと》どのに報せる前に、もう少し調べねば」

筆頭与力から叱られた同心に先はない。佐藤猪之助は次の異動で花形の定町廻りから、閑職へと左遷されるのが決まっている。その佐藤猪之助に、目付芳賀と坂田に遣われていた徒目付《かちめつけ》の安本虎太《とらた》が目を付けた。

「ともに生き延びようではないか」

やはり上司の芳賀と坂田に遣い潰されそうになり逃げ出した安本虎太が、佐藤猪之助に声をかけ、もう一人の徒目付佐治五郎《さじごろう》を含めた三人が手を組んでいた。

「どれ、見廻りに出て参るかの」

「…………」

独り言を呟いて同心溜まりを出た佐藤猪之助を他の同心は無視した。誰でも上司に嫌われた同僚と親しくし、とばっちりを受けたくはない。

「今に見ていろ」

佐藤猪之助がそんな同僚の態度に憤慨した。

五

盗賊に襲われて被害が出たならば、店は休まなければならない。だが、用心棒が怪我をしたくらいでは、店の営業にはなんの影響もなかった。

「いらっしゃいませ」

翌朝も分銅屋はいつも通りに店を開けていた。

「邪魔をする。拙者信州須坂《しんしゅうすざか》藩堀《ほり》家の用人、下村《しもむら》と申す。主どのに御意《ぎょい》を得たい」

初老の侍が店へ入ってきた。

「堀さまの御用人さま。しばし、お待ちを」

番頭が一礼して、奥へと入った。

「……御意を得たいと言われたのだね」

「はい」

分銅屋仁左衛門が下村の言葉を確認し、番頭が首肯した。

「借財の申しこみ……か」

武士が商人にへりくだる、あるいはていねいな対応をする。それはなにかを頼むときだと言えた。

「いかがいたしましょう。お約束をいただいていないからとお断りをいたしましょうか」

番頭が問うた。

商人は忙しい。とくに豪商ともなると客がひっきりなしに来る。そんな主に飛び込みで面会を求め、応じてもらうのは難しい。

「いや、止《や》めておこう。今までつきあいのないわたしのところに、約束もなく来たんだ。約束をしてから来てくださいと言えば、話に応じてもらえるのだと喜んで約束を取り付けて帰るだろう。二度手間になるし、約束をしてからだと、次のお客さまとのお約束がありましてと、途中で話を切りあげられなくなる」

分銅屋仁左衛門が首を左右に振った。

「では、お通ししても」

「端の客間へね。須坂藩といえば一万石だったかね。もう貸してくれるところがなくなって、藁《わら》にもすがる思いでうちに来たんだろう。儲けにはなりそうにない」

「わかりましてございまする」

分銅屋仁左衛門の指示を番頭が受けた。

大きな商家にはいくつもの客座敷があり、格や儲け話などによって遣われる座敷が変わった。出入り口に近い端の客間は歓迎しない客の対応に遣われる。すぐに追い返せるというのと、店の奥まで入られて金を貸すまで帰らないとか言われて困るのを避けるためであった。

また端の客間は調度もたいしたものを置いておらず、儲かっているとわからないようにされていた。

「お待たせをいたしました。当家の主分銅屋仁左衛門でございまする」

「須坂藩堀家用人下村壱兵衛《いちべえ》でござる」

まずは互いに名乗り合った。

「畏れ入りますが、次の約束がございまして、あまりゆっくりお話を伺えませぬ。早速でございますが、御用をお聞かせいただきたく」

下座にいながら分銅屋仁左衛門が下村を急《せ》かした。

「おう、主どのがお忙しいというのは、よく存じている。では、遠慮なく」

一度言葉を切った下村が背筋を伸ばした。

「当家にご融通を願いたい」

「いかほどでございましょう」

金を貸せと言われた分銅屋仁左衛門が金額を問うた。

「一万両お貸し願いたい」

「それはまた……」

大きな金額を言い出した下村に分銅屋仁左衛門が驚いた。

「なににお遣いでございましょう。新田の開発でございましょうか、それとも鉱山でも見つかりましたので」

用途を分銅屋仁左衛門が問うた。

「偽りはなしでお願いいたしまする」

いい加減な理由でごまかすなと分銅屋仁左衛門が釘を刺した。

「……借財の返済じゃ」

しばらく黙った下村が苦い口調で告げた。

「はて、誰かからお借りになったお金を、わたくしどもの店から借りたお金で返そうと。そう仰せになりましたか」

分銅屋仁左衛門が確認した。

「そうじゃ。あまりに利子が高すぎるゆえ、借り換えをして負担を軽くしたいのだ」

下村が話した。

「それはままあることでございますが、わたくしども商いでございまする。初めてのお方に利子を下げてまでご融通はいたしかねまする」

甘いことを考えているのではなかろうなと分銅屋仁左衛門が下村を見つめた。

「通常の利子でかまわぬのだ」

「失礼ながら、今、いくらの利でお借りに」

「一割三分でござる」

一層頬をゆがめて、下村が告げた。

「それはまた高い。どちらでしょうか。それほどの高利は」

分銅屋仁左衛門が首をかしげた。

大体江戸の金貸しは利子を統一している。差があると客が片寄ってしまい、結果利下げをせざるを得なくなって、儲けが減る。それを防ぐために、利息は一割と決まっていた。

もちろん、覚え書きなどはなく、暗黙の了解でしかないが、これを破る商人は庶民相手の日銭貸しくらいで、大手の商家は周囲を敵に回すようなまねはしていなかった。

「寺でござる」

ますます苦くなった顔で下村が言った。

「詳細をお聞かせ願えますか。場合によりましては融通も考えましょう」

分銅屋仁左衛門が事情を求めた。

「……との有様でな」

「わかりましてございまする。少々、蔵の金とも相談せねばなりませぬ。一万両ともなりますと、当家でもなかなか右から左とは参りませぬので。さようでございますな、五日後にもう一度お見えくださいませ。そのときにご返事をいたしまする」

「おおっ、考えてくださるか。助かる。なにとぞ、よしなに。よしなにの」

わずかな希望に下村がすがるようにして帰った。

「……坊主め」

一人になった分銅屋仁左衛門が吐き捨てた。

「死人の世話だけしていればいいものを。寺が金に口出ししてくれれば、商人の天下が崩れるではないか」

分銅屋仁左衛門が目つきを鋭いものにした。寺を扱う寺社奉行が大名役で、江戸の庶民を管轄する町奉行が旗本でしかないことからもわかるように、寺社は幕府から格別の待遇を受けている。おおもとはキリシタン禁制のため、全国の民の人別《にんべつ》を寺に預けたことだが、寺は江戸において守護不介入とまではいわぬが、町奉行所の手出しは一切できなくなっている。本来は寺社奉行の支配を受けるが、金の貸し借りは裏の話で勘定奉行の定めた金利に寺社は従わずともよい。もっとも最初から法外な利を取れば、誰も借りに来ないので、身動きできなくなるまでは商家と同じ利でいくが、やがて弱みにつけこんで金利を上げてくる。

分銅屋仁左衛門たち幕府にも届けてある金貸しが、一定の金利で歯止めを受けているのに対し、寺社はやりたい放題であった。

「これは、一度田沼さまとご相談申しあげなければならなくなりましたね。まずはお手紙を」

できるだけ近づかないようにしていたが、それではすまなくなった。

分銅屋仁左衛門が田沼意次との連絡手段である、飛脚《ひきやく》を使用するための手紙を書き始めた。

第三章　それぞれの戦

一

久吉は失敗を加賀屋に報せなかった。

「よい結果以外は聞きたくない」

そう加賀屋に言いつけられているからであった。

「失敗で叱責《しっせき》されずにすむのはありがたいが……」

金主はうるさい。金を出しているから当たり前であるが、加賀屋はとくに疳《かん》が強い。代々の札差、そこの跡継ぎとして甘やかすだけ甘やかされて育っただけに、加賀屋は我慢ができなかった。

「出ていけ」

ちょっとしたことで奉公人を怒鳴り散らし、すぐに辞めさせてしまう。

それでも加賀屋が保《も》っているのは、長年勤めてくれている大番頭と札差という商いのおかげであった。

札差は旗本に幕府から支給される米を現金に換えるのが仕事である。代々の出入りというのは決まっており、改易《かいえき》にでもならない限り変化はしない。つまり、毎年どれだけの米が入り、どれだけを売り払うかが決まっているのだ。米の値段が相場で上下するとはいえ、決まった量の米を売るだけなら、子供でもできる。

札差には、こういうときはこうして、そういうときはああしてといった特殊な慣習や決まりはなく、誰でもすぐになじめる。

そして札差の今や表商売となった金貸しについては、商いのことをよく知る大番頭がすべてを仕切っていた。

加賀屋は何一つしなくていい。それでいて店は順調に回っている。

「出てくるよ」

夕方になると加賀屋は出かける。

「どちらへ」

いくらいてもいなくても困らないとはいえ、なにかあったとき、主と連絡が取れないのはまずい。いかに大番頭がすべてを取り仕切っていても、主でなければならないという場面はままあった。

「柳を見にいくんだよ」

加賀屋が答えた。

柳を見るというのは、柳橋芸者を座敷に呼んでいるということだ。

「いってらっしゃいませ」

聞いた大番頭が加賀屋を送り出した。

吉原《よしわら》、深川、柳橋など江戸に遊ぶ場所はたくさんある。しかし、加賀屋ほどの豪商になると、行き当たりばったりで店を選ぶということはない。決められた店に予約を入れておかなければ、売れっ子の遊女や芸者は呼べないのだ。

「拓蔵《たくぞう》さん」

加賀屋を見送って店へ入ろうとした大番頭が呼び止められた。

「どちらさまで……なんだい、久吉の親方か」

すっと物陰から顔を出した久吉に、大番頭の拓蔵が肩の力を抜いた。

「旦那が出て行かれるのを待っていたということは、またしくじったね」

拓蔵がすぐに見抜いた。

「恥ずかしい話で」

久吉が頭を掻《か》いた。

「まったく、旦那も分銅屋ごときを相手になさるのをお止めになればいいものを」

「…………」

ため息を吐《つ》いた拓蔵に、久吉は気づかない振りをした。

無頼はこういったことでもなければ、金を稼げない。店同士のもめ事や、逃げた奉公人の探索など、町奉行所には頼めない面倒を引き受けて、無頼は食べている。

「まさか、お金の無心じゃないだろうね」

「そうしていただけるとありがたいのでやすが、今日は別のお願いで」

警戒した拓蔵へ久吉が首を横に振った。

「お金じゃない……ならなんだい」

拓蔵が問うた。

「人を紹介していただきたく」

「……人を、誰をだい」

言われた拓蔵が怪訝な顔をした。

「石川《いしかわ》道場の主を」

「…………」

久吉の求めを聞いた拓蔵が嫌な顔をした。

「止めておいたほうがいいよ」

拓蔵が止めた。

「そこをなんとか」

「旦那がおまえさんを遣って、石川道場に声をかけない理由を考えなさい」

しつこく言う久吉を拓蔵が諭した。

「理由でござんすか……」

久吉が考えた。

「始末に負えないからだよ。石川道場の連中は、歯止めという言葉を母親の胎内に忘れてきたようなやつらばかり。下手に世の中へ出したら、関係のない連中まで巻きこまれることになる。あいつらは剣術遣いじゃない。狂犬だ」

拓蔵が震えた。

「覚えているだろう八年前の騒動を。加賀屋の札差としての株を欲しがった相模《さがみ》の商人を」

「相州屋《そうしゅうや》でしたか、覚えておりやす」

久吉が首を縦に振った。

札差は株という仲間に入らないと開業できなかった。なにせ幕府の旗本の経済を握っているに等しいのだ。信用が絶対になるだけに、そうそう幕府から新しい株をもらうことはできない。

だが、札差は儲かった。もちろん、まともな方の商いではなく、禄を担保にした金貸しのほうである。

武士というのはあまり世間を学ばなかった。学ばなくとも家禄が維持できるからだ。結果、なにかをするにも比較せず、手近なところですませてしまう。

借金もそうだ。利子は一定でも、金を貸すときに礼金を取るだとか、完済したあとも手数料がどうのこうのといってくるとか、金貸しにも色々ある。庶民はそこを考えて借り、少しでも楽になろうとするが、旗本はそんなことなど気にもせず、禄米《ろくまい》を金に換えてくれる札差に任せてしまう。そのていどならば、別段大きな儲けにはならないが、金貸しにとって旗本がもっともよい客だという理由は別にあった。

旗本は逃げないのだ。

徳川から禄をもらって旗本は成りたっている。借金が大きくなって返せなくなったからといって夜逃げはできない。したら禄は取りあげられ、武士の身分も失うことになる。

どれだけ借財があっても決められた収入が毎年あり、逃げることがなかった。元金は減らなくとも利子の取りっぱぐれがない。一割の利子ならば十年で元が取れ、それ以降は丸儲けになる。庶民なら十年経《た》っても元金がなくならないような借金をしたら、破産と同じで、いつ潰れてもおかしくはない。

そういった危険なしに商いができる。札差は金貸しのあこがれであった。

「株を譲っていただけませんか」

新たな株が手に入らなければ、既存のものを買えばいい。

毎年のように加賀屋へも株の売り買いの話は来る。

「一万両出しましょう」

「五千両を一括で、あとは加賀屋さんが生きておられる間、毎年百両お渡ししましょう」

いろいろな条件を提示して来る。

「お断りだ」

金のなる木ともいうべき株、売ってしまえばそこまでであった。さすがに愚かな加賀屋もわかっていて、大金の呈示があっても鼻にもひっかけない。

「その気になられましたら、是非」

ほとんどの者はそう言って引いてくれるが、なかにはあきらめの悪い者もいる。

小田原《おだわら》の金貸しもその一つだった。

江戸の事情をよく知らないというのもあったが、加賀屋が株を売らないと言ったとたん、小田原から地回りを呼び寄せて、脅しをかけたのだ。

「月の明るい晩ばかりじゃねえぞ」

それを加賀屋は許さなかった。

「石川先生、ちと旅に出ていただけますか」

加賀屋が面倒を見ている剣道場へ、金が運ばれた。

「よし、皆で小田原まで他流試合だ」

道場主の石川が弟子全部を連れて小田原へ出向き、地回りの一家を全滅させたうえ、金貸しの首を斬り飛ばして、小田原城の大手門前に晒《さら》した。

さらに小田原藩が出した追っ手を待ち伏せして壊滅、ゆうゆうと江戸へ戻ってきた。

「顔を見た者を全部殺したから、あのままですんでいるが、大事だったのだよ」

拓蔵がもう一度止めた。

「……ですが、もう、他に手立てがございやせん」

せっかく手に入れた新しい配下も、あっという間に滅ぼされたと久吉が告げた。

「もう石川道場に頼むしか方法はございません」

久吉が頭をさげた。

「…………」

またも拓蔵が黙った。

「やっぱり駄目だね、とても認められない」

考えたすえに拓蔵が拒んだ。

「さようでござんすか、そいつは残念で」

久吉の口調が変わった。

「……久吉さん」

嫌な予感に拓蔵が震えた。

「辰巳《たつみ》芸者の小柴《こしば》でござんしたかねえ」

「ひっ」

拓蔵が小さな悲鳴をあげた。

「ずいぶんと入れ込んでいるようじゃねえか。ええ、前の衣替えでは、花散らしの小《こ》袖《そで》を贈ったとか」

久吉が続けた。

「売れっ子芸者を手生《てい》けの花にするには、一箱、千両でも足りやしねえ」

「……………」

拓蔵が黙った。

「ちょっとした商家の主でも辰巳芸者を囲うなんぞ、夢のまた夢。いかに大店《おおだな》の大番頭とはいえ、特注の着物を作ってやるだけの給金はもらってはいねえはず。店のすべてを任されている大番頭さんでなきゃ、できねえ算段というやつでござんしょう」

下から覗きこむようにして、久吉が拓蔵の表情を窺《うかが》った。

「加賀屋の旦那が知ったらどうなりますかねえ」

「……わかった」

拓蔵が折れた。

「石川道場には、伝えておくから。ただ、無茶だけはさせないでおくれ。ここは江戸だ。小田原じゃない。町奉行所が出てきたら、石川道場と加賀屋の繋《つな》がりなんぞ、すぐに見つけられてしまう。町奉行所がやっきにならないよう、分銅屋だけで話が終わるよう、しっかりと首輪を付けて……」

「わかってるよ。こちとら素人《しろうと》さんじゃねえんだ」

何度も何度も念を押す拓蔵に、久吉がしつこいと手を振った。

「じゃあ、頼んだぜ」

久吉が背を向けた。

「ああ、石川道場への支払いもそっちで頼まあ」

「そんな……」

拓蔵が絶句した。

「どうせ、吾が腹が痛むわけじゃねえだろう。店の売り上げをちょいとごまかせばすむこと」

「……………」

言われて拓蔵が俯《うつむ》いた。

「お互い、今日のことは加賀屋の旦那には内緒ということでな。これからも仲良くしようぜ」

笑った久吉が小走りに去った。

「ああ……」

拓蔵が崩れた。

二

山中小十郎を迎えた分銅屋仁左衛門は昨夜のできごとを詳細に語った。

「……ということでございまする」

「そうであったか」

山中小十郎がうなずいた。

「聞いたところをまとめると、どうやら流れの仕事のようだ」

「流れの……ほう、流れの強盗が用人風の男を店に行かせ、夜が更けてから旗本の当主が恥を忍びに来ると前もっての手配をすると」

「……偶然なのではないか。来たら強盗騒ぎがあったので声をかけずに帰った」

「なるほど。あのお旗本は実在するわけですな。後で番頭に確認して、お詫びに参らなければなりませんな」

「……そうだな」

山中小十郎が間を置いて同意した。

「では、今回の盗賊どもの一件は、これで終わりでよろしゅうございますかな」

「ちと待ってくれ。用心棒はどうした」

ずっと分銅屋仁左衛門が相手をしていたことに、山中小十郎が不満を言った。

「盗賊との戦いで怪我をいたしましたので、現在静養中でございます」

「寝ているのか。なら、そのままでいい。少し話を訊きたい」

山中小十郎が左馬介の事情聴取を求めた。

「あいにく、ここにはおりませぬ」

「どこだ」

「長屋でございまする」

問われて分銅屋仁左衛門が答えた。

「それほど悪いのか」

用心棒は店に出てきていくらである。休んでいる間の給金は出ないのが通例であり、多少の怪我など押して出てくるのが用心棒であった。

「店を守っての怪我でございますから、お休みでもお代は出しておりまする」

「なるほどな」

山中小十郎が納得した。

「流れの盗賊であるならば、別に諫山さまのお話は不要でございましょう。わたくしがすべてを申しあげましたから。それに逃げ出した者もいないようですし、すぐにご手配というわけでもございますまい」

分銅屋仁左衛門が首をかしげた。

「……そうだな。傷が治ってからにしよう」

山中小十郎が退《ひ》いた。

「そういえば、山中さま」

「なんだ」

嫌そうな顔を山中小十郎が見せた。

「噂で聞きましたが、すぐそこの辻で、人死にがあったそうでございますな」

「……あったな」

山中小十郎がますます頬をゆがめた。

「あれは、わたくしどもを襲った盗賊とかかわりは……」

「ないだろう。あそこで死んでいたのは行き倒れだという話だ」

訊いた分銅屋仁左衛門へ山中小十郎が応じた。

江戸の町でも行き倒れがたまに出た。岡場所などの遊所で飲み過ぎ、帰宅途中で寝入ってしまってそのまま凍死する、あるいは江戸まで遠くから人を訪ねて来たが見つからず、疲れから倒れてそのまま亡くなる。

あまりに多く出るため、幕府が行き倒れの処理をどこの町内が担当するかについて布告まで出すくらいであった。辻などで死んでいたとき、たがいに面倒くさがって死体を放置する例がままあったからである。

「なるほど、行き倒れならどこで死んでいても不思議ではございませんな」

分銅屋仁左衛門が首肯した。

「わかればいい。さて、帰るとするか。戸締まりは厳重にいたせよ」

話は終わったとして山中小十郎が腰をあげた。

「承知いたしましてございまする」

「…………」

見送りに分銅屋仁左衛門も立ち上がったが、山中小十郎は動こうとしなかった。

「…………」

分銅屋仁左衛門も黙って山中小十郎を見つめた。

「じゃな」

根負けしたように、山中小十郎が店を出て行った。

「厚かましいにもほどがある。上から言われたんだろうが、適当なことを言ってこちらをごまかそうとしていながら、帰りに袖の下を要求するなんぞ、盗人《ぬすっと》に追い銭《せん》じゃないか」

見送りを終えた分銅屋仁左衛門が吐き捨てた。田沼意次から警告を受けていた分銅屋仁左衛門はあの盗賊が流れだというのも、死んでいた男がただの行き倒れだというのも嘘《うそ》だとわかっている。その偽りを押しつけながら、話が終わるといつものように小遣い銭を寄こせとばかりに足を止める。町奉行所役人の厚顔さに分銅屋仁左衛門はあきれ果てていた。

「塩を撒《ま》きますか」

番頭が問うた。

「もったいないよ。塩が」

分銅屋仁左衛門が無駄だと止めた。

「どう考えても流れの仕事ではありません。それを無理矢理流れの仕業にして、後ろにいる者への手出しを避けた。町奉行所は北も南も役に立ちません」

「お出入りを辞めますか」

怒る分銅屋仁左衛門に番頭が尋ねた。

少し前加賀屋に飼われた北町奉行所の役人を切り捨て、分銅屋仁左衛門は出入りを南町に移したばかりであった。

「北も南もだめなんだよ。どこへ移るんだい」

「火付け盗賊改め方はいかがで」

番頭が口にした。

「火付け盗賊改め方は、出入りに向かないよ。何年かで火付け盗賊改め方は入れ替わる。それに火付け盗賊改め方はその名の通り、火付けと盗賊しか相手にしないからね。ゆすりたかりだと来てもくれない」

分銅屋仁左衛門が首を左右に振った。

「それに町奉行所の出入りを辞めてしまうと、嫌がらせが来そうだ」

「さようでございますな。この状況ではやられかねません」

番頭も同意した。

「どうやら、加賀屋以上に面倒なのが出てきたようです」

いかに札差の加賀屋とはいえ、北町奉行所との一件を知っていて分銅屋仁左衛門を出入りに受け入れた南町奉行所を従わせることはできない。

そもそも町奉行は知行所《ちぎょうしょ》持ちの旗本がほとんどで、札差との縁が薄い。また札差から借財をしている者を町奉行にするほど幕府は無能ではなかった。あるていど以上の権益を持つ役職に就くときは、奥右筆《おくゆうひつ》部屋がかなり深いところまで身辺調査をおこなう。

勘定奉行が両替屋から金を借りており、その指示で小判と銭の相場をいじったとなっては、大事になるからだ。

また町奉行所の与力、同心は出入りの金などの副収入で裕福なため、札差に頭をさげずにすむ。もちろん、札差も出入り先なので多少の融通は利かすが、同じ出入り先を潰すようなまねには手を貸さない。己で己の首を絞めるも同然だからである。

「町奉行さまに圧力をかけられる相手……」

番頭が不安そうな顔をした。

「でも直接わたくしたちにはなにもできない。これでわかったね、後ろが」

分銅屋仁左衛門が口の端をゆがめた。

「それは……」

「目付だよ。先日、うちまでやってきた目付」

確認する番頭に、分銅屋仁左衛門が告げた。

一夜の立ち回りと怪我で疲れ果てた左馬介は長屋で寝転がっていた。

「なにかご入り用ではございませんか」

その枕元に喜代が座っていた。

「お気遣いかたじけないが、今のところ別段」

問われた左馬介が首を横に振った。

「店のために傷を負われたんだから、面倒を見るのは当然でございまする」

こう言って分銅屋仁左衛門は喜代を左馬介に付けてくれた。

「このまま寝ますゆえ、店に戻っていただいても」

左馬介が喜代に申し出た。

「旦那さまよりくれぐれも諫山さまのお役に立つよう命じられておりまする」

喜代が拒んだ。

「………」

左馬介はそれ以上言えなかった。喜代は分銅屋の奉公人であり、分銅屋仁左衛門の指示に従う義務を持つが、同じ奉公人、それも日雇いの用心棒でしかない左馬介の言うことなど聞くわけはなかった。

「暗くなる前に戻られたほうが……」

左馬介が勧めた。

「本日はこちらに泊めていただこうと思っております。夜中の厠《かわや》とか、飲み水とかに手助けが要りようでございましょうし」

泊まるつもりだと喜代が言った。

「それはいかん。それはまずい」

「なにがよろしくないと」

慌てた左馬介に喜代が首をかしげた。

「若い女《おなご》が男の長屋に泊まり込むなど、なにかあったらどうなさる」

己の自制心を左馬介は信用していなかった。なにせ、ここ最近分銅屋に毎日詰めているため、遊女を買いに行けていない。

「今の諫山さまに押さえこまれる女などおりませぬ」

喜代が左馬介の右胸を指さした。

「……うっ、たしかに」

襲いかかった途端、右胸を叩かれでもしたら、傷口が開いてしまう。左馬介は降参するしかなかった。

「そういうことは、完全に治ってから口になさってください」

「……えっ」

治ったら口説けと言っているに等しい。喜代の言葉に左馬介が驚いた。

「欲しいものがないなら、寝てくださいませ。身体を休めていただかないと困ります る」

「さようであった」

左馬介が従った。

心も身体もくたびれ果てているが、傷口のうずきが眠るのを邪魔する。

「…………」

無言で天井を見上げた左馬介は、梁《はり》に黒い固まりが張りついているのに気づいた。

「むっ……」

「痛みますか」

思わず名前を出しそうになった左馬介が途中で口をつぐみ、その様子に喜代が案じた。

「少しの。寝返りは打てぬ」

喜代の勘違いに左馬介は乗じた。

「背中に敷きものでも入れましょうか」

喜代が寝返りをしやすいようにと提案した。

「敷きものなど、ござらぬ」

浪人の長屋に敷きものなどという贅沢なものはなかった。左馬介はまだ夜具を持っているだけましであり、ほとんどの浪人は着たきり雀の小袖一枚で寝転がる。

「お店から借りて参りましょう」

「そうしてもらえるとありがたい」

申し出た喜代に左馬介が頼んだ。

「では、大人しくなさっていてください」

動かないようにと釘を刺して喜代が長屋を出て行った。

「……村垣どの、なにをなさ……」

喜代の足音が遠ざかるのを待って、梁へ目をやった左馬介は村垣伊勢の影がなくなっていることに唖然とした。

「なにをしたいのだ」

左馬介は何とも言えない顔をした。

分銅屋仁左衛門は田沼意次との連絡手段である飛脚を発した。九代将軍家重の寵臣として目されているお側御用取次を務める田沼意次の屋敷には、その引き立てを受けて出世した大名、旗本を始め、幕府御用達《ごようたし》の看板を欲しがる商家などが面会を願って列を作っている。

基本としてこういった面会は、身分に関係なく並んだ順番で対応される。そうでなければ、文句が出るのだ。

大名と旗本では大名が上になる。とはいえ、大名本人が田沼の屋敷に直接行くことはまずない。紋入りの駕籠などを使えば、誰が媚《こ》びを売りに来たか一目瞭然になるからだ。大概、家老か用人、あるいは留守居役が代理になった。

旗本でも千石をこえる名門旗本は別だが、それ以下となれば本人が直接田沼意次に面会を求めてくる。

いかに大藩の家老や用人といえども、身分は陪臣《ばいしん》でしかない。数十石しかもらっていない御家人《ごけにん》にも身分では負けるのだ。

「直臣《じきしん》に譲れ」

こう言われれば、対応に苦慮することになる。

「やむを得ませぬ」

引けば、その場ではもめ事は起こらないが、帰ってから主人から叱りを受ける。

「そのていどの者に遠慮したというか。吾が名前をなんと心得る」

大名としては旗本に順番を抜かされ、面目を潰されたことになる。まず、その家老か用人は役目を奪われ、謹慎となる。

「主人の代理でござる」

代理は大名の格として扱われる。正当な抵抗だが、今度は断られた旗本、御家人の顔が立たなくなる。

「陪臣風情に……」

引けば直臣の面汚しとか、大名の威光に負けたとか、周囲から白い目で見られることになり、旗本仲間から省かれてしまう。

どちらにとってもこれはつごうが悪い。待たずに田沼意次に会いたいならば、その分早めに出ればいいだけの話なのだ。遅く来ての無理は秩序を乱すことになり、門前で騒ぎを起こされた家の迷惑になる。

当然、そんな連中と田沼意次が会うはずもない。

結果、粛々と行列は維持され、順番は堅持される。

とはいえ、用件が緊急の場合は別だ。並んでいる者を飛ばして、屋敷へ通される。

そして分銅屋仁左衛門はこちらのほうになる。商人が順番を抜かして田沼意次と会う。一度くらいならばまだ目立たないだろうが、何度もとなると話は別になる。

「あの商人はなに者だ」

噂になれば、分銅屋仁左衛門のことを調べる者が出てくる。分銅屋仁左衛門が田沼意次と親しいならばなんとかして縁を作り、そちらから手を回してもらおうと考えるからであった。

吉宗の遺言について表沙汰にはできない。だが、分銅屋仁左衛門と田沼意次のかかわりを探る者が増えれば、気づく者が出てくるかも知れない。

裏で手を結ぶ者同士は、目立たないようにするのが定番であった。

だったら、分銅屋仁左衛門も並べばいい。たしかにさほどの用でないときはいいが、緊急だったり、かなり細かいことまですりあわせたいときなどに困る。

面会の行列に並べばかならず会えるとは限らないのだ。お側御用取次として多忙を極める田沼意次は江戸城から屋敷へ戻るのが遅いため、面会の常識とされる夜四つ(午後十時ごろ)までに会える数には限界があった。

結果、他人目《ひとめ》についても不思議ではない飛脚を使って、分銅屋仁左衛門は田沼意次との連絡を取った。飛脚ならばいつ訪れてもおかしくはないし、田沼意次宛て以外にも家老や用人、家臣たちへの手紙もある。

また、飛脚を怪しんで後を付ける者もいない。

「御免をくださいまし。飛脚でございまする」

分銅屋仁左衛門から頼まれた飛脚が、田沼屋敷を訪れた。

「うちへ入れ。玄関脇に取次がおる。その者へ渡せ」

門番足軽は書状を受け取らない。なにせ目の前に面会希望者が並んでいるのだ。飛脚が誰からの書状ですとか、どこからのものですとか言うのを聞かれるのはまずい。

「へい」

飛脚は門のなかへと進んだ。

「……殿。分銅屋からの飛脚でございまする」

用人が面会の客が入れ替わる隙を突いて、書状を手渡した。

「……少し、次のお方にお待ちいただけ」

読んだ田沼意次が指示した。

「目付の跳ね返りどもが」

田沼意次が苦い顔をした。

「しかし、坊主までが金を貸しているとは」

寵臣の余得は大きい。面会に来る客はかならず手土産《てみやげ》を持って来る。国元の名産もあるが、そのほとんどは金か、換金しやすいものであった。

「主殿頭《とのものかみ》さまは、払っただけの結果をくださる」

賄賂を出せば、田沼意次は動く。そう思わせるように田沼意次が工作をしたからだ。賄賂も金であり、その金を出せば出世できると思わせることで、田沼意次は武家に金の価値を認識させようとしていた。

それらもあって、田沼家は借財と無縁であり、金貸しの事情に田沼意次は疎かった。

「明日の面会は中止じゃ」

「はっ。その旨を張りだしておきまする」

言われた用人がうなずいた。

どうしても面会したい者は、順番が来る前に刻限になるのを避けるため、前日の夜明け前から並ぶ。それで無駄足になれば不満を持つ。小さな不満だが、積もれば田沼意次の足を引っ張るかも知れない。それを防ぐため、前日のうちに明日は面会がないと報せておくように田沼家ではしていた。

「あとこれを分銅屋へ」

待ち合わせの詳細を書いた書状を田沼意次が用人に渡した。

「ただちに」

預かった用人が、書状を藩士に託した。

「目立たぬようにいたせ」

「承知いたしております る」

事情を知る藩士が屋敷の脇門から出て、大きく迂回《うかい》をしながら分銅屋へと急いだ。

「これを」

侍が両替屋に来るのは珍しいが、ないわけではない。相良《さがら》藩田沼家藩士が書状を番頭へと渡した。

「田沼さまからのご返事だね」

番頭が届けた書状を分銅屋仁左衛門が読んだ。

「吉原ですか。やはり」

分銅屋仁左衛門がうなずいた。

「今度は京町《きょうまち》の揚屋《あげや》出雲屋《いずもや》さんですか。前回と見世を替えるとは、さすがは田沼さま」

待ち合わせの場所に分銅屋仁左衛門が感心した。

吉原は江戸で唯一幕府が認めている遊郭である。岡場所と違って、町奉行所の手が入らない。女の上で腰を振っている最中に町奉行所の手入れなど受ければ、武士ならば大恥になる。それがないというだけで、吉原には名のある武家や商人が出入りする。

つまり、田沼意次や分銅屋仁左衛門が吉原にいても誰も気にしない。

前回も吉原で密談したが、そのときは分銅屋仁左衛門からの接待という形をとり、馴染《なじ》みの見世を使った。今回はそこではなく、別の見世を田沼意次は指定してきた。

これは、いくら吉原といえども、同じ見世で密談を重ねると目立つことになると田沼意次が危惧している証拠であった。

「吉原以外も考えなければいけませんね」

田沼意次と分銅屋仁左衛門を狙っている目付は鋭い。二人が同じ日に吉原へ行っているというだけでなにか手を打ってくる。

分銅屋仁左衛門は、より安全な密談場所を用意する時期が来たと考えた。

三

長屋を出た喜代が帰ってきたのは、日暮れ前であった。

「すみませぬ。少々お店で用を片付けて参りましたので」

喜代が遅くなったことを詫びた。

「いや、お気になさるな」

左馬介は首を振って気にするなと応じた。

「旦那さまの夕餉《ゆうげ》を作らねばなりませず……」

上の女中である喜代は奉公人の食事は用意しない。分銅屋仁左衛門と用心棒である左馬介の食事を作るのが仕事である。もっとも、主である分銅屋仁左衛門と左馬介の食事には大きな差が付けられていた。

分銅屋仁左衛門の夕餉にはかならず魚が付く。汁も具がしっかりと入っている。しかし、左馬介の夕餉には魚は付いても分銅屋仁左衛門に出した残りの尾の部分、汁も具がなくなった実なしであった。

「その代わり、夕餉を持って参りました」

「おおっ、それは助かる」

喜代が手に提げている風呂敷を少し持ちあげて見せたのに、左馬介は歓声をあげた。

傷が痛み、食欲はないが、喰えるときに喰わなければ、浪人は飢える。

「起こしましょう」

左馬介の背中に喜代が手を添えた。

「かたじけない」

腹に力を入れると傷口に響く。左馬介は喜代に甘えた。

「お箸などは、台所にございますね」

「ああ、そのままだと思うが……」

ここ最近、分銅屋で三度の食事をもらっている。自宅では箸も茶碗《ちゃわん》も使っていないが、さすがに持ってはいた。

「…………」

台所に立った喜代が、無言で箸を洗い始めた。

「すまん」

使ったまま放置していたわけではないが、そんなにていねいに洗っていない。せいぜい、使った茶碗のなかに水を入れ、そこに箸先を浸《つ》けて動かすていどでしかなかった。

「……まったく、男の方は」

あきれながら箸を綺麗にした喜代が、戻って来た。

「今後は気を付ける」

左馬介が小さくなった。

「よろしゅうございます。これからはわたくしがいたしますので」

下手に家事をさせてやり直すほうが手間だと喜代が拒んだ。

「うっ……」

鋭い指摘に左馬介が呻いた。

「食事にいたしましょう」

喜代が風呂敷を解いた。小さなお櫃《ひつ》と行平鍋《ゆきひらなべ》が出てきた。

「傷口を治すには、お魚がよいと柾庵先生がおっしゃっておられましたので、鱸《すずき》の煮付けを用意いたしました」

「おうっ、鱸でござるか」

左馬介が身を乗り出した。

「お出《い》でかえ」

不意に長屋の戸障子が開いた。

「えっ」

「……どちらさまで」

返事をする間もなく戸障子を開け放たれた左馬介が啞然となり、少し固まった喜代が誰何《すいか》した。

「おまえさんこそ、どちらさまだえ」

土間まで入ってきて喜代に問うたのは、村垣伊勢であった。

「分銅屋の女中で喜代と申しまする」

「ごていねいに、あたしは柳橋の芸者加壽美でござんす」

喜代の名乗りを受けて、村垣伊勢が世を忍ぶ仮の名前を告げた。

「柳橋の芸者さんが、なんの用で」

首をかしげた喜代が、左馬介を見た。

「存じ寄りのお方でございますか」

「隣家の御仁でござる」

喜代に訊かれた左馬介が答えた。

「お隣の……その割にはいきなり入って来られましたが」

少しだけ喜代の声が低くなった。

「いつも諫山さまにはお世話になってござんすから」

加壽美が胸を張った。抜き襟を緩めにしているために、加壽美の胸が大きさを強調した。

「…………」

思わず目をやった左馬介に喜代が冷たい眼差《まなざ》しを向けた。

「ところでどうして分銅屋のお女中さんが、諫山さまのお長屋に」

加壽美が首をかしげた。

「……怪我をしたのでな、その介抱に来てくれている」

先ほど上から見ていたのだ。事情は知っているとわかっているが、そう言うわけにはいかない。左馬介が少ししらけながら告げた。

「お怪我を……」

目を大きく開いた加壽美が、次の瞬間部屋へ駆けあがってきた。

「どこ、どこを怪我したの」

あたふたと加壽美が左馬介の身体を撫《な》でさすった。

「い、痛い、痛い」

くすぐったくて身をよじった左馬介が悲鳴をあげた。

「お止めなさい」

怒った喜代が加壽美を後ろから抱えこんで、左馬介から引き離した。

「離せ、離せ」

加壽美が身をよじって暴れ、より襟元が崩れた。

「………」

痛みを忘れて左馬介が加壽美の胸元を注視した。

「諫山さま」

氷のような声を喜代が出した。

「すまぬ」

叱られて左馬介が横を向いた。

「いい加減になさい。怪我人なのですよ」

喜代がまだ暴れる加壽美を怒鳴りつけた。

「あっ……」

言われて加壽美が大人しくなった。

「すいません」

加壽美が詫びた。

「わかったならばよろしゅうございますが、まずは身形《みなり》をお直しなさい。お乳が見えそうですよ」

「えっ……わあ」

喜代に注意されて己を見た加壽美が悲鳴をあげて両手で胸を抱いた。

「諫山さま、おわかりですね」

「目を開かぬ。決して」

感情のない口調の喜代に、左馬介が何度も首を縦に振った。

「……………」

衣擦《きぬず》れの音をさせて加壽美が身形を整えた。

「ご迷惑をおかけしやした」

加壽美が手を突いて謝罪した。

「いえ、怪我と聞けば我を失うのは無理ないことでございます」

喜代が許した。

「事情を伺っても」

しおらしい振りで加壽美が問うた。

「諫山さま」

「かまわぬと思う。加壽美どのはおわかりの方じゃ」

言いふらすようなことはないと左馬介が保証した。

「ならば……」

了承を得た喜代が経緯を語った。

「そんなことが……よくぞご無事で」

「無事ではないのだが、生き延びた」

両手を突いて見上げる加壽美に、左馬介は苦笑した。

「では、続きを」

食事を再開しようと喜代が述べた。

「なにをなさいますのでござんしょう」

加壽美が喜代に問うた。

「右手が遣えないと先ほど申しあげました。それでは食事に差し支えましょう。ですから、お手伝いを」

箸を摑んだ喜代が告げた。

「あたしがいたしやしょう」

すっと箸へ加壽美が手を伸ばした。

「いえ、これはわたくしが用意した夕餉でございますし」

「そろそろ日が暮れましょう。お店へお戻りなんし。夜道の女一人歩きは危のうござんす」

断る喜代へ加壽美が切り札を出した。

「ご懸念なく。本日はこちらに泊めていただきますので」

「……諫山さま」

勝ち誇ったような喜代から左馬介へ加壽美が目を移した。

「いや、利き腕がまともに動かぬのでな。いろいろ不便だろうと分銅屋どのが気を遣ってくださっての」

左馬介が言いわけをした。

「分銅屋さんが……」

加壽美がいきなり立ちあがって出ていった。

「どうしたのだろう」

「わかりませんが……」

加壽美の行動に怪訝な顔をした左馬介へ、同意をしながら喜代が姿勢を正した。

「あの方と、どういったご関係なのか、すべてお話しいただきます」

「………」

あの乱れようでただの隣人では通らない。左馬介は村垣伊勢の意図がわからず、嘆息した。

村垣伊勢は、店じまいする寸前の分銅屋へ滑りこんだ。

「おや、加壽美さんじゃないか」

店子の顔くらい番頭は覚えている。

「旦那に会わせておくんなしな」

「ちょっと待っておくれ」

加壽美の要求に番頭がうなずいた。

「どうかしましたか」

すぐに分銅屋仁左衛門が店先へ出てきた。

「諫山さまのことでござんす」

柳橋芸者の加壽美はお俠《きゃん》で鳴らしている。男のようなしゃべり方で加壽美が語った。

「ああそうか。お隣だったね」

分銅屋仁左衛門が加壽美と左馬介のかかわりを納得した。

「瓶《かめ》の水を替えていただいたり、手の届かないところのものを取ってもらったりと、お世話になっておりやんす。こんなときにご恩返しをしなければ柳橋芸者の名前がすたりやしょう」

加壽美が矜持《きょうじ》を口にした。

「なるほど、さすがは柳橋一の名妓《めいぎ》といわれる加壽美さんだ。義理堅い。いやいや、諫山さまも隅に置けない」

分銅屋仁左衛門が笑った。

「ですが、諫山さまには当家の女中を付けてあります。お忙しい加壽美さんの手をわずらわせなくとも大丈夫でございますよ」

手は足りていると分銅屋仁左衛門が断った。

「変な噂が立ちやすよ」

「……変な噂」

加壽美の言葉に分銅屋仁左衛門が引っかかった。

「諫山さまが若い女を引きずりこんだと。あのお女中さんに傷が付きやせんか」

「……それは」

分銅屋仁左衛門が詰まった。

「昼間はよろしゅうござんしょう。ですが、夜はいけやせん、分銅屋さん」

「むうう」

正論に分銅屋仁左衛門が唸った。

「夜だけ、あたしがいたしやす」

「ちょっと待ちなさい。芸者が夜家にいてどうするんだい」

武家には門限があり、夜遊びはまずしないが、商人は店を閉めてから本番になる。

売れっ子芸者ともなると深更まで、客が途切れることはなかった。

「昼だけで大事ござんせん」

昼遊びというのもあった。昼から酒を飲み、芸者と遊ぶのから、物見遊山の供を芸者にさせるというのもある。もちろん、夜と同じように花代といわれる芸者の代金はかかった。

「それはそうだろうけどね、夜の加壽美さんを独占しているなど、世間に知られたらそれこそ大事だよ」

売れっ子芸者を手生けの花にしたい男は多い。今まで加壽美は特定の旦那を持ったことがないことでも有名であった。

その加壽美がお座敷を休んでまで、面倒を見るとなれば、それこそ江戸中の耳目が集まる。

「長いわけじゃございませんでしょう。諫山さまが右手を遣えるようになられるまで。五日もあれば十分では」

分銅屋仁左衛門の懸念を加壽美が否定した。

「たしかにそうだろうが……」

「お預かりしている女中さんを傷物に……」

悩んでいる分銅屋仁左衛門にもう一度加壽美が言った。

「……わかりました。お願いしましょう」

分銅屋仁左衛門が折れた。

「かっちけござんせん。これであたしの顔が立ちやす」

加壽美が喜んだ。


戻って来た加壽美が、喜代に分銅屋仁左衛門の決定を伝えた。

「……旦那さまのお言いつけとあればやむを得ません」

喜代が無念そうに受け入れた。

「では、諫山さま、お大事になさってくださいませ。決して無理なまねをなさっては いけません」

厳しく釘を刺して喜代が帰って行った。

「……行ったな」

加壽美が村垣伊勢へと変わった。

「なんのつもりか、村垣どの」

意図を左馬介が問うた。

「なんだ、吾に惚《ほ》れられたとでも思ったのか」

村垣伊勢が笑った。

「ふざけないでもらいたいな」

「ほう、おぬしあの女中に懸想《けそう》しているのか。ならば悪いことをしたの。折角押し倒す好機であったのに」

「ふざけるなと言ったはずだ」

重ねてからかう村垣伊勢に、左馬介が怒った。

「わかった、わかった」

村垣伊勢が笑いを消した。

「おぬしとの連絡《つなぎ》をしやすくするためぞ」

「連絡……」

「そうだ。今回のことで加壽美とおぬしの間にはあるていどの関係が構築されていると分銅屋に知らせた。こうしておけば、おぬしが長屋へ戻って来るのを待って天井を伝わってこずともすむ。柳橋芸者の加壽美が気にしている浪人の様子を見に分銅屋へ寄っても、通りかかったからと顔を出しても、分銅屋は不思議とは思うまい」

わからないといった顔をした左馬介に村垣伊勢が伝えた。

「今回のように攻めてくるまでときがあるときはよいが、あまり余裕がないときもこれから多くなろう。吾が知り得たことをすばやくおぬしに報せるための手段は重要だ」

「むう」

村垣伊勢の説明を聞いて、左馬介は険しい表情をした。

「まだあるのか」

「あるな。目付はしつこい。なにせ矜持が高いからな。そのうえ失敗をした経験もない。吾ほど偉い者はおらぬとつけあがっているのが目付だ。その目付が己の策をたかが商人、いや人とも思っていない日雇い浪人に破られたなど、許せるわけなかろう」

「面倒な輩《やから》だ」

心底左馬介は嫌そうな顔をした。

「田沼さまになんとかしていただけぬのか」

左馬介が望みを口にした。

「そんな些事《さじ》に田沼さまを遣うな」

村垣伊勢が一言で切って捨てた。

「しかしだな、もとは田沼さまの……」

そこまで言った左馬介は黙った。

「……………」

村垣伊勢があきれていることに左馬介は気づいたのだ。

「わかっているだろうが。今まで何度、我らお庭番が助けた」

「だったな」

左馬介は引いた。

「表だって田沼さまが目付を糾弾する。あるいは分銅屋をかばう。このようなまねをすれば、そこに敵は一気に食いこんでくる」

目付は大名、旗本を監察する。芳賀と坂田の二人は排除はできるだろうが、田沼意次が目付に敵対したとなれば、残った目付たちが黙ってはいない。これを見逃せば、目付の権威は地に落ち、誰も指示に従わなくなる。こうなっては旗本のなかの旗本などと偉ぶってはいられなくなる。

また、田沼意次が特定の商家に肩入れしたとなれば、そことの癒着が疑われる。それこそ、目付を呼びいれる羽目になり、吉宗の遺言を果たすことはできなくなってしまう。

「陰からの援助をくれていた」

「やっとわかったか」

鈍いと村垣伊勢がため息を吐《つ》いた。

「だが、怪我をするのは吾だぞ。下手をすれば死んでいたかも知れぬ」

左馬介が不満を言った。

「そんなもの、普通に生きていても同じだろう。道を歩いていて馬に蹴られて死ぬ者もいる。酔って足を踏み外し、水路にはまって死ぬ者もいる。昨日まで元気だった者が、病で急死するときもある。なにより、日雇いの浪人など、いつ餓死をしてもおかしくはなかろうが」

「それはそうなのだが……」

村垣伊勢の言っていることはまちがっていない。とはいえ、納得できるものでもなかった。

「なにより、おぬしは生き残った。それを喜べ」

村垣伊勢の声が小さくなった。

「任に出て二度と帰って来ない者がいるのだ、お庭番にはな」

「…………」

しみじみと言う村垣伊勢に、左馬介はなにも言えなかった。

「寝ろ。見ていてやる。それとも子守歌が要るか。いや、添い寝してやろう」

「なにを……要らぬわ」

いきなりおどけた村垣伊勢に左馬介は戸惑った。

「ふふふ」

「疲れた。眠る」

左馬介は笑う村垣伊勢の顔から逃げるように目を閉じた。

四

吉原は不夜城と称される。かつては夜見世が許されず、日暮れとともに大門《おおもん》を閉めていたが、茅場町《かやばちょう》から浅草田圃《たんぼ》へ移されたときに昼夜を通じての営業となり、今や暗くなってからが本番といった感じになっていた。

「ごめんなさいよ。分銅屋と申しますが」

吉原の大門を潜《くぐ》り、そのまままっすぐ進めば江戸町を経て京町に至る。分銅屋仁左衛門は京町の入り口にある揚屋出雲屋の暖簾《のれん》を潜った。

「承っておりまする。どうぞ、お二階へ」

出迎えた男衆が分銅屋仁左衛門を奥座敷へと案内した。

「主さんにお目にかかれるかい」

座敷の襖《ふすま》近くに腰を下ろした分銅屋仁左衛門が男衆に問うた。

「少々お待ちを」

男衆が下がっていった。

「……御免をくださいませ。当見世の主、出雲屋卯兵衛《うへえ》でございまする」

待つほどもなく、老齢の主が襖を開けた。

「そんなところではお話もできません。どうぞ、なかへ」

廊下に膝を突いていた出雲屋卯兵衛を分銅屋仁左衛門が座敷へと招き入れた。

「ありがとうぞんじまする」

出雲屋卯兵衛が一礼して座敷へと移動した。

「お初にお目にかかります。分銅屋仁左衛門と申します」

「こちらこそ、お初にお目通りを得まする。お名前はかねがね伺っておりました」

初対面の挨拶を二人がかわした。

「さて、お忙しい刻限なので、手早くお話をさせていただきましょう」

分銅屋仁左衛門が用件を切り出した。

「今日のかかりはもちろん、今後あのお方が出雲屋さんをお使いになられた費用一切、わたくしがもたせていただきます」

「他の方とお見えのときでも、でございますか」

出雲屋卯兵衛が確認をした。

「もちろんでございます」

はっきりと分銅屋仁左衛門がうなずいた。

「承知いたしましてございます。では、そのように取り計らいまする」

「早速に引き受けてくれて助かったよ。これは見世のみんなで分けておくれな」

安堵《あんど》した分銅屋仁左衛門が、あらかじめ用意していた紙包みを出雲屋卯兵衛へと差し出した。

「これは……お気遣い遠慮なく」

遊郭は女の代金だけで運営されているわけではなかった。客からの心付けも大きな収入であった。

「お茶をお持ちいたしましょう」

田沼意次を待っている間に酒を飲むわけにはいかない。出雲屋卯兵衛がそう言って去って行った。

「しっかりこっちの意図を汲んでくれたようだね。請求書きにはいつ田沼さまが誰と出雲屋へ来られたかも記される」

分銅屋仁左衛門が独りごちた。

「もう二階へ上がっているんだ。梯子《はしご》を外されてはたまったものではないからね」

武士、とくに役人は逃げ足が速い。調子の良いときは先頭を切って動くが、ひとたび不利になると今までのことはなんだったのだとばかりに背を向ける。それだけならまだしも、人身御供《ひとみごくう》、生け贄《にえ》として手を組んでいた者を売るくらいは平気でする。商人など、真っ先に責任をなすりつけられて切り捨てられる。

それを防ぐには、相手の現況を知るのがもっとも確かであった。田沼意次の密談場所のひとつである出雲屋を押さえておけば、誰と会ったかがわかり、その相手を調べるだけでかなりの状況を把握できる。

「お見えでございまする」

小半刻（約三十分）ほど待ったところで、田沼意次が現れた。

「待たせた。すまぬ」

「いえ、わたくしが少し早かっただけでございまする。どうぞ」

詫びる田沼意次に手を振って分銅屋仁左衛門が上座を勧めた。

「うむ」

田沼意次が上座へ腰を下ろした。

「早速だが、話をいたそう。ああ、二階へ今日は他の客は来ぬ。もっとも五つまでだがな」

客を受け入れていくらの揚屋が、閑散としていては違和感が強い。田沼意次はそれも気にしていた。

「半刻（約一時間）もあれば、足りまする」

時間制限を分銅屋仁左衛門が承諾した。

「では……」

襲われた一件と須坂藩堀家からの借財申しこみについて分銅屋仁左衛門が語った。

「また襲われたうえに、町奉行所があからさまな対応をしたか。おぬしの推測通り、裏で目付が糸を引いているな」

田沼意次が分銅屋仁左衛門の意見を認めた。

「すまぬの。上様が吾への手出しを禁じてくださったため、目付は目標をそなたに代えたようだ」

軽くながら田沼意次が頭をさげた。

「畏れ多いことでございまする」

将軍側近のお側御用取次の謝罪に分銅屋仁左衛門が恐縮した。

「諫山が怪我をしたと聞いた」

「はい、無頼の一人が投げた匕首《あいくち》を受けまして。幸い、命には別状ありませんが、しばらくは動けませぬ」

「それはよくないの」

田沼意次が懐の紙入れから、小判を二枚出した。

「これは見舞いじゃ。諫山に渡してくれ」

「本人に代わりまして、お礼を申しあげまする」

受け取った分銅屋仁左衛門が深く頭を垂れた。

「あとそなたの店を守るよう、指示を出しておいた。用心棒がおらぬとあれば、それを隙と見る者もおろうからな」

「お心遣いありがとうございまする」

「ああ、言わずともわかっていようが、普通のゆすりたかりは知らぬぞ」

田沼意次が念を押した。

「わかっておりまする」

店をやっていると、どうしてもそういった連中が来る。それを排除するのも用心棒の仕事であった。

「襲撃の話は、これでいいか」

「結構でございまする」

確認された分銅屋仁左衛門がうなずいた。

「次の寺の金貸しだが……止めさせるのは難しい。相手が悪すぎる」

寛永寺は将軍家祈願寺であり、菩提寺でもある。また、寛永寺は門跡《もんぜき》寺院であり、その貫首《かんじゅ》は宮家から出た。

「寛永寺に手出しをすれば、老中といえども無事ではすまぬ」

「でございましょう」

分銅屋仁左衛門が同意した。

「幕府から寛永寺に働きかけることはできぬ。菩提寺を敵に回すわけにはいかぬ」

「目付の相手をするだけで手一杯と」

「うむ」

田沼意次が分銅屋仁左衛門の確認を認めた。

「かといって、法外な利息を寺が取るのを見逃す気はない。それを許せば、市中の金貸しどもが反発する」

「いたしまする」

寺だけ優遇しているとわかれば、金貸しは怒る。それこそ旗本へ金を貸すのを止めると言い出しかねない。そうなれば、旗本は一年も経たずに破綻する。

「高い利息を取れぬようにするしかない。そこでだ、分銅屋、そなたに頼みたい」

「金を貸してやれと」

分銅屋仁左衛門が田沼意次の言いたいことを読み取った。

「ですが、こちらも商売でございまする。返していただかねば、店がもちませぬ」

金利をあげられても借りなければならないほど内情が苦しい。そんな連中に金を貸すなど、薄氷の上で飛び跳ねるようなものである。穴が開けば、冷たい水に真っ逆さまになり、店は潰れる。

「わかっておる。こちらも手を打つ。そなたが金を貸した大名には、余が声をかけておく。金を返さねば家を潰すとな」

田沼意次が告げた。

武士にとって家ほど大事なものはなかった。家がなくなれば、武士ではなくなる。

将軍側近の田沼意次から脅されれば、大名たちは震えあがる。

「そうしていただければ助かりまする」

武士の圧力で分銅屋仁左衛門を押さえこもうとしても、田沼意次の援護があれば十二分に抵抗できた。

「ですが、よろしいのでございますか。わたくしと田沼さまのかかわりが知られてしまいますが……」

田沼意次が分銅屋に借りた金は返せと言うのは、特別な関係だと教えるに等しい。

分銅屋仁左衛門が懸念を表した。

「安心いたせ。上様のお考えだとしてお城坊主どもに流すだけよ。借財を踏み倒すような輩は、大名としての品格に欠ける。そのような者は躬《み》の世には不要だと仰せだとな」

にやりと田沼意次が笑った。

「それは利きましょう。上様のお言葉だとすれば、皆、顔色を変えましょうな」

分銅屋仁左衛門も口の端をゆがめた。

「噂だ、噂。上様のご諚《じょう》だとは申しておらぬ」

田沼意次が手を振った。

「ただ、お城坊主というのはな、城中の噂をあちこちに運んで金にしている者でな。そやつらが噂をどう金にするか、そこまでこちらは知らぬし、なにより上様に確認できぬのだ」

「上様のお言葉がわかるのは、お側御用人の大岡出雲守さまだけ」

さすがに将軍家重が言語不明瞭だということを分銅屋仁左衛門は知っていた。

「惜しいことだがな」

苦い顔で田沼意次が続けた。

「上様は大御所さまのお血筋であられるだけに、そのご質は英邁《えいまい》だ。だが、なにを仰せかが他の者にわからぬ。それがなければ、余ごときが大御所さまのご遺命を承ることなどなかった。上様が大御所さまのご遺志を引き継がれ、確実に御当代の間に果たされたはずである」

「…………」

分銅屋仁左衛門は口を挟まずに聞いた。

「繰り言を申したな」

田沼意次がため息を吐《つ》いた。

「大御所さまがご存命の間になされなかったことを、非才の余が受け継いだところでできようはずもない。だが、主命はかならずなし遂げなければならぬ。分銅屋、そなたに今以上の苦労を強いることになるだろう。すまぬとは思うが、今更逃がしはせぬぞ」

「わかっておりまする。覚悟も決めておりまする。なにより、これだけ痛い目に遭わされたのでございますよ、相応の儲けを得るまで降りませぬ」

厳しい眼差しで見つめる田沼意次に、分銅屋仁左衛門が応じた。

「話はこれだけか」

「今のところは」

終わったなと言った田沼意次に分銅屋仁左衛門が首を縦に振った。

「少し、つきあえ」

「喜んでご相伴《しょうばん》をいたしまする」

田沼意次の誘いを分銅屋仁左衛門が受けた。

「……昨今、巷《ちまた》ではどのようなことが流行《はや》っておる」

「さようでございますな。昨今、大御所さまが薨去《こうきょ》なされたことを受けて、倹約があまり言われなくなっておるようでございます。絹ものもよく売れるようで、呉服屋がよく両替に参りまする」

　呉服屋は反物を売るだけで、古着は扱わない。その呉服屋が一分金《ぶきん》、一朱金《しゅきん》、銭などを小判に替えてくれと分銅屋を訪れる。その頻度が高くなっていると分銅屋仁左衛門が伝えた。

「贅沢が復活してきていると」

「はい」

　確かめた田沼意次に、分銅屋仁左衛門が首肯した。

「よきことだな」

　田沼意次が満足そうに微笑んだ。

「倹約が染みとおっていれば、金を遣わぬ。遣わねば金のありがたみがわからぬ。それでは米から金への移行は受け入れられまい。贅沢するには金が要る。金が大事、そう思ってくれれば……」

「仰せの通りでございまする」

　分銅屋仁左衛門も同意見だと述べた。

「……本日はご苦労であった。また、なにかあれば、すぐに申せ」

「はい」

　同時に見世を出るのはまずい。先に分銅屋仁左衛門が出雲屋を後にした。

「お帰りになりましてございまする」

見送った出雲屋卯兵衛が、田沼意次のもとへ報告した。

「分銅屋はなにか申していたか」

杯を置いて田沼意次が出雲屋卯兵衛へ訊いた。

「今後、田沼さまのかかりはすべて分銅屋さんがお支払いくださるそうで」

「そうか」

出雲屋卯兵衛の答えに、田沼意次はそれだけしか口にしなかった。

第四章　最後の手立て

一

石川道場は剣術指南の看板をあげていた。

通常、剣道場や槍《やり》道場などの武術を教えるところは、看板に流派を入れる。小野《おの》派一刀流、柳生新陰流《やぎゅうしんかげ》、宝蔵院《ほうぞういん》流など、道場主が学んできた流派を弟子へと伝えるという形を取るのが普通であった。

しかし、石川道場に流派の記載はなかった。

「お邪魔をしやす」

朽ちかけた表門を避け、潜り門を通って久吉が石川道場の玄関から声をかけた。

「なんじゃ」

「誰ぞ来たようだ」

道場から話し声が聞こえてきた。

「酒屋の掛け取りではないか」

「あれは二度と来ぬよ。先日、髷《まげ》を斬り飛ばしてやったら、腰を抜かして漏らしよったでの」

「それは見物であったの」

大きな笑い声が響いた。

「御免を」

もう一度久吉が訪《おと》ないをいれた。

「やはり、誰か来ておるの。伊坂《いさか》、行ってこい」

「面倒な」

命じられた伊坂が玄関へと顔を出した。

「何用だ」

立ったまま伊坂が久吉を見下ろした。

「加賀屋と言えば、おわかりだと存じますが」

「……加賀屋か。大番頭が言ってたのはおまえか」

伊坂が久吉を見直した。

「どう見ても加賀屋とかかわりのあるようには見えないが……まあ、いい。あがれ、先生の前に連れて行ってやる」

「お願いしやす」

先に立った伊坂の後を久吉は付いていった。

玄関から廊下を一つ曲がったところが、道場になっていた。

「先生、加賀屋の客でござる」

伊坂が久吉を紹介した。

「おう、よく来たの。儂《わし》が当道場の主、石川慚愧斎《ざんきさい》じゃ」

掛け軸もなにもかかっていない床の間を背に座っていた壮年の浪人が歓迎を口にした。

「久吉と申しやす」

下座で久吉が名乗った。

「久吉……この辺りを占めている香具師《やし》の親分が、そんな名前だったな」

「畏れ入りやす」

名前を知っていた石川慚愧斎に、久吉が礼をした。

「加賀屋の大番頭から、おぬしの頼みを聞くようにと言われている。金ももらった。もっとも、まだくれるというならば、遠慮なくちょうだいするぞ」

石川慚愧斎が笑った。

「ことが無事に終われば、酒手《さかて》くらいは出させていただきましょう」

「酒手か。ありがたい。我らは皆蟒蛇《うわばみ》での、一人で四斗樽《しとだる》を空けるのじゃ。四人で二石、いや、三石は飲む。それだけは出せよ」

「三石……」

あまりな量に久吉が唖然とした。

「で、どこを襲う」

笑いながら石川慚愧斎が問うた。

「浅草の両替商、分銅屋で」

「分銅屋といえば、十万両の財産を持っているという噂の豪商ではないか」

石川慚愧斎が目を剝いた。

「ちいと理由がございまして、分銅屋とその用心棒をやっていただきたいんで」

「そりゃあ理由はあるだろう。なしで殺されてはたまらん」

「いや、我らがそれを言うのはどうでござろうか、石川先生。先日も風呂へ行かれたとき、浴槽で身体が当たったとかで、帰りを待ち伏せ、お斬りになったではありませんか」

久吉の言葉に石川慚愧斎がうなずき、弟子があきれた。

「馬鹿者。あれにも理由はある。裸の男に触れられたのだぞ、気持ち悪いだろうが」

石川慚愧斎が言い返した。

「…………」

久吉が黙った。

「すまんかったの。客を放置した」

「いえいえ。で、お引き受けいただけましょうね」

詫びた石川慚愧斎へ久吉が訊いた。

「もちろんである。もう、金も大番頭の拓蔵よりもらってしまっておるしの」

「遣ってもしまいましたな」

「久々に遊女を抱きましたし」

石川慚愧斎に弟子たちが続いた。

「では、いつ」

「今日はもう酒も入ったことじゃ。今更動くのも面倒だしの。明日にいたそうか」

日にちを問うた久吉へ、石川慚愧斎が答えた。

「お願いをいたします」

「なあ、火を付けてはいかぬか」

了承した久吉に伊坂が尋ねた。

「火付けはお止めになったほうが、よござんすよ、火付け盗賊改めを呼ぶことになりやす」

久吉が首を横に振った。

「駄目か、駄目なのか。あの燃えさかる火が美しいのだが……」

伊坂が喰い下がった。

「焼くな。女まで焼けてしまうだろう」

別の弟子が伊坂を制した。

「女は生きていなければ、意味がないんだぞ」

「いや、燃えさかる火の赤さこそ、なによりも美しい」

弟子と伊坂が口喧嘩を始めた。

「……………」

「気にせずともよい。いつものことだ」

呆然《ぼうぜん》としている久吉に石川慚愧斎が述べた。

「いつもの……」

「安心せい。仕事はちゃんとする」

恐る恐る顔色を見た久吉を石川慚愧斎がなだめた。

「……わかりやした。では、お願いを」

そそくさと久吉が道場を後にした。

「伊坂、上部《かみべ》、止めい」

石川慚愧斎が大声を出した。

「すみませぬ」

「これは申しわけなし」

叱られた伊坂と上部が謝った。

「目標を果たした後ならば、好きにしろ。店を焼こうが、女を連れ去ろうがな」

「おおっ」

「許してくださるか」

石川慚愧斎の投げやりな許可に、二人が喜んだ。

翌日、日が落ちるのを待って石川慚愧斎率いる四名の浪人が浅草へと出向いた。

「どこだ、分銅屋は。暖簾《のれん》がなければわからんではないか」

石川慚愧斎が大戸を閉めた店の並びに戸惑った。

「見て参りましょう」

伊坂が走った。

「……ございました。あの蔵が並んでいるあそこでございましょう。分銅の形をした看板が掛けられておりました」

分銅とは天秤《てんびん》に使う錘《おもり》のことで、真ん中がくぼんだ独特の形をしていた。

「そうか、ご苦労である」

報告した伊坂を石川慚愧斎がねぎらった。

「石川先生、裏に回っていいか」

上部が願った。

「女中部屋は裏からが近いからな。まったく、しかたのない男だ。よいが、一人で行け。あと、女にここで手出しは禁じる。もし、おぬしが女の上で腰を振っていたがために、分銅屋と用心棒が逃げたとあれば、そのときは……」

石川慚愧斎が上部をじっと見つめた。

「わ、わかっておりまする」

上部が震えあがった。

「さっさと行け」

小さく手を振って石川慚愧斎が上部を追いやった。

「こちらもいくぞ。伊坂、おぬしは店の表土間に居座り、逃げだそうとする者を仕留めろ。騒がれては面倒だ。一太刀で片付けよ」

「承知」

上部への脅しが効いているのか、伊坂がすなおにうなずいた。

「権藤《ごんどう》、おぬしは儂と一緒に奥へ行くぞ。もし、分銅屋と用心棒が一緒にいたときは、用心棒を任せる」

「承った」

権藤と呼ばれた大柄な浪人がうなずいた。

「さて、さっさと終えて酒を飲むぞ」

石川慚愧斎が太刀を抜いた。

お庭番のうち、左馬介の看病をしている村垣伊勢、田沼意次の身辺警固を担っている木村和泉《きむらいずみ》を除いた馬場大隅《ばばおおすみ》、明楽飛驒《あけらひだ》の二人が分銅屋の警固に潜んでいた。

「いきなりか」

屋根瓦に腹ばいになって上から周囲を見下ろしていた馬場大隅が石川慚愧斎たちに気づいた。

「一人分かれたか。裏口へ回ったな」

やはり屋根の上に潜んでいた明楽飛驒が応じた。

「片付けてこよう」

すっと明楽飛驒が屋根の上を滑るように裏へと消えた。

「では、こちらも動くか。表戸を壊されるわけにもいかぬしな。分銅屋のことだ、被害が出たら主殿頭《とのものかみ》さまへ文句を言いかねぬ」

邪魔くさそうに馬場大隅がため息を吐《つ》いた。

三人ともに太刀を抜いた石川道場の面々が、表戸の前で足を止めた。

「このていどの板戸ならば……権藤、そなたで行けよう。一撃で割って見せよ」

「おう」

石川慚愧斎の指示に権藤がうなずき、一歩前に出た。

「……………」

腰を落とし、ゆっくりと息を吸い吐く。こうして気合いを高め、据えもの斬りの要領で表戸を断つ。

「むん」

気合いをこめた権藤が大きく太刀を振りかぶって、そのまま仰向けに倒れた。

「むっ」

「どうした、権藤」

素早く警戒に入った石川慚愧斎に対し、伊坂が戸惑った。

「愚か者、襲撃されたのだ」

石川慚愧斎が伊坂を叱った。

「それはっ」

伊坂が太刀を中段に構えた。身体の正中《せいちゅう》に太刀を置く青眼《せいがん》の構えは、攻撃に出るには一挙動いるが、防御には優れている。太刀を左右に傾けるだけで、後ろからの攻撃以外にはすばやく応じられた。

「どこだっ」

伊坂があちこちへ目をやった。

「大声を出すな。見つかってまずいのは、こちらだぞ」

石川慚愧斎がもう一度注意した。

「……手裏剣で喉を破ったか」

ちらと倒れた権藤を見た石川慚愧斎が、呟いた。

「太刀を上段へあげたときにできる喉元の隙、そこを突くとはかなり遣うぞ」

「…………」

石川慚愧斎の言葉に、伊坂はうなずくだけの余裕も失っていた。

「ちっ」

弟子の情けなさに石川慚愧斎が舌打ちをした。

「…………」

それを隙と見たのか、石川慚愧斎目がけて手裏剣が飛んできた。

「……くっ」

石川慚愧斎が太刀で手裏剣を払いのけた。

「上だな」

飛んできた手裏剣の軌跡から、石川慚愧斎が馬場大隅の位置を見抜いた。

「……上」

あわてて伊坂も目を上げた。

「どこに……」

伊坂が馬場大隅を探したが、夜の闇に瓦の黒、そこに忍《しのび》衣装が溶けこみ、見つけられなかった。

「そこか」

石川慚愧斎が太刀の柄に添えてある小柄《こづか》を取って投げた。

小柄は手紙を開封したり、紐《ひも》を切断したりするための刃物で、柄が重く、手裏剣として使うには適していない。しかし、石川慚愧斎ほどになれば、十二分に投擲《とうてき》武器となった。

「……ほう」

甲高い音がして小柄が弾《はじ》かれ、同時に感嘆の声が漏れた。

「いたな」

石川慚愧斎が切っ先を馬場大隅へと向けた。

「…………」

立ちあがった馬場大隅が、軽々と跳んだ。

「落ちるまでを狙え。跳んでいる最中は回避できぬ」

「はっ」

石川慚愧斎の命に、伊坂がしたがった。

「とうりゃあ」

伊坂が落ちてくる馬場大隅に斬りかかった。

「馬鹿が」

小さく呟いた馬場大隅が、空中で身体を動かした。

「なにっ。そんな……」

「………」

馬場大隅の忍刀を喉に刺された伊坂が絶息した。

「そうか、伊坂の太刀を足場にしたのだな」

石川慚愧斎は、空中で馬場大隅が姿勢を変えられた謎を解いた。

「相当できるようだが、手下が駄目すぎた」

降り立った馬場大隅が石川慚愧斎へ告げた。

「ふん、そんなもの端《はな》からあてにはしておらぬわ」

石川慚愧斎が伊坂たちを戦力として考えてはいないと否定した。

「冷たいことだ。それでは浮かばれまいに」

馬場大隅が笑った。

「下手人に堕ちた段階で、まともな死に方などあきらめていたはずだ。死んだところで恨み言など吐かぬ」

「それは感心なものだ。坊主なしの成仏とは」

覚悟を自慢した石川慚愧斎を馬場大隅が嘲弄《ちょうろう》した。

「挑発のつもりか。甘い」

その手は喰わぬと石川慚愧斎が太刀を下段に構えた。

「用心棒ではないな、おまえ」

今度は石川慚愧斎が質問した。

「いや、用心棒よ。店を守るのだからの」

「忍の用心棒など聞いたことさえないぞ」

馬場大隅の答えを石川慚愧斎が否定した。

「おまえが知らないだけだろう。世間は広いぞ。狭い道場のなかで威を張っていただけのおぬしには、それが見えなかった」

「黙れ」

石川慚愧斎が殺気を放った。

さすがに馬場大隅も軽口を叩けなくなった。

「おまえを殺せば、後は雑魚《ざこ》ばかり、依頼は完遂できる」

石川慚愧斎が腰を落とした。

「……………」

二

勝手口に近づいた上部は、脇差を扉と壁の隙間にねじ込ませ、桟を破壊しようとした。

「固い……鉄か」

まったく歯が立たなかったことで上部は分銅屋の守りが堅いと知った。

「くそ、脇差の切っ先が欠けたではないか」

抜いた脇差を確かめた上部が吐き捨てた。

「こいつは、脇差の代金分も手に入れなきゃ割が合わんな。一番の美形をいただいていくしかない。楽しんだ後、売り払うにも値段が変わるでな」

上部がにやりと笑った。

「とはいえ、勝手口が突破できぬとあれば、塀を昇るしかないが……高いな。一人では面倒だ」

塀を見上げた上部があきらめた。

「仕方ない、表の石川先生に合流するか」

「……よく、そのていどの執念で他人の店を襲うなどと考えたものよ」

背を向けた上部に声がかけられた。

「だ、誰だ」

あわてて振り向いた上部だったが、路地の暗闇が拡がるだけで、人影は見えなかった。

「どこだ、どこにいる」

「ここだ、おまえの後ろよ」

「ひえっ」

言われた上部が、跳びあがった。

「……いないではないか」

後ろを見た上部が、息を吐いた。

「ふふ、後ろだと言っただろう」

「ぐっ……」

含み笑いと共に突き出された忍刀が上部の左肩を突きとおした。

「くそお」

上部が手にしていた脇差を振るった。

「……いない」

脇差の勢いのまま半回転した上部の前には誰もいなかった。

「だから、後ろだと」

「ぎゃっ」

今度は上部の右肩が貫かれた。

「ひいいい。た、助けてくれ」

恐怖で上部が振り向けなくなった。

「誰に頼まれた」

上部の耳元で明楽飛騨が問うた。

「……それは」

「そうか。口がないなら……」

刺さったままの忍刀をえぐりながら明楽飛騨が抜いた。

「首を……」

「ま、待ってくれ。言う、言う」

殺すと宣した明楽飛騨に、上部が泣いて頼んだ。

「さっさと吐け」

「加賀屋の大番頭が金を払い、久吉という地回りの顔役が分銅屋を殺せと頼んできた」

上部がすべてをしゃべった。

「よかろう」

すっと上部の後ろ首に当てていた忍刀を明楽飛騨が引いた。

「た、助かった」

上部が安堵した。

「今から十数える。その間に消えろ。十数えても姿が見えたときは殺す。一、二……」

「わあぁ」

淡々と数を数え始めた明楽飛騨に悲鳴をあげた上部がまっすぐに走って逃げ出した。

「両肩を使えなくされた浪人が生き残れるほど、江戸の闇はやさしくなかろう。数日で懐中物、太刀を奪われた死体が大川に浮かぶことになる」

明楽飛驒が冷たく言った。

「さて、馬場も終わったか」

すっと明楽飛驒が分銅屋の塀を跳びこえた。


下段からの攻撃は間合いを読みにくい。人の視野は左右に広く、上下に狭いうえ、己の身体が邪魔をするからだ。

「はっ」

低く踏みこんだ石川慚愧斎が、下段の太刀を斬りあげた。

「むう……」

馬場大隅が、後ろへ跳んでかわした。

「かかった」

石川慚愧斎が、馬場大隅を追うように踏みだし、二の太刀、三の太刀を繰り出した。

「…………」

そのすべてを馬場大隅は避けたが、益々後ろへ下がらざるを得なくなった。

「……むっ」

馬場大隅の背が、分銅屋の表戸に当たった。

「逃げられまいぞ」

石川慚愧斎が口の端をつりあげた。

「最初に引いたのが、おまえの負けを呼んだ。儂の太刀を避け続けたのは見事であったが、後ろを見る余裕はなかったようだな」

「…………」

勝ち誇る石川慚愧斎に、馬場大隅は応じなかった。

「声も出ぬか。では、そろそろ終わろう。まだ、依頼が残っているのでな」

石川慚愧斎が太刀を右脇へ引きつけた。

「後ろに誰がいるかは、わかったぞ。もうそいつの相手は不要」

そこへ明楽飛騨が現れた。

「もう一人いたのか。まあ、いい。こいつはこれで……」

太刀を袈裟懸《けさが》けに石川慚愧斎が振るった。

「ふん」

その瞬間を待っていたように、馬場大隅が左手のなかに握りこんでいた棒手裏剣を石川慚愧斎の顔目がけて撃った。

「ちっ、こんなもの」

石川慚愧斎が手裏剣を太刀で斬り払った。

「はまったな」

馬場大隅が言い返した。

「なっ……」

一瞬で間合いを詰められた石川慚愧斎が絶句した。

「忍と戦うならば、間合いを詰めすぎぬことだ」

馬場大隅が右手だけで握った忍刀を突き出した。

「ちぃい」

手裏剣を払うために下へ振りおろしてしまった太刀は迎撃に間に合わない。石川慚愧斎が馬場大隅の切っ先を避けるため、首を大きく傾けた。

「……よし」

「愚かぞ」

首の皮一枚で外したと思った石川慚愧斎に、忍刀を突き出していた馬場大隅が笑った。

「刃がどちらを向いているかを見抜かずに、首を振っても無駄だ」

石川慚愧斎の首に沿っていた忍刀の刃を、馬場大隅が引いた。

首の血脈は浅いところにある。ほんの少し力を入れただけで血脈が断たれた。

そして首の血脈をやられると脳へ血が回らず、人はあっさりと意識を失った。

「しまっ……」

血を噴き出した石川慚愧斎が、悔やみの言葉を最後まで口にできずに崩れた。

「三つか、まあ、これくらいならば小半刻もかからずに始末できるな」

言いながら明楽飛驒が体格のいい権藤をあっさりと肩に担いだ。

「こいつの太刀、鞘《さや》も鍔《つば》も髑髏《どくろ》だらけじゃないか。かなり趣味の悪い拵《こしら》えだな。これだけ癖があればすぐにわかろう。それを巣に返してやろう。血でも付けておけば、馬鹿にも警告だとわかるだろう」

明楽飛驒が石川慚愧斎の手にある太刀を見て言った。

「そうだな。では、後ほど届けるとしよう。まずは……」

馬場大隅はまだ血を流している石川慚愧斎を後回しにして、伊坂の死体を背負った。

翌日、目覚めた田沼意次の枕元に、昨夜の顚末《てんまつ》を記した書付が置かれていた。

「やはり加賀屋を使ったか、目付どもは」

分銅屋仁左衛門を見張っていれば、加賀屋との確執は容易に知れる。田沼意次でも、分銅屋仁左衛門を始末するならば、加賀屋を道具に使う。札差として、旗本に大きな影響力を持つ加賀屋には、町奉行所もなかなか手出しはできない。金もあり、権力との結びつきも持ち、それでいてあまり賢くない加賀屋は、道具として最適であった。

「久吉というのが加賀屋出入りの顔役で、実際に手を汚す役目というわけだ。ふむ、こいつを使って、加賀屋へ警告を発するか。次はおまえだとな」

田沼意次が冷酷な施政者としての顔をした。

「…………」

独り言ともいうべき田沼意次の言葉を、天井裏に忍んでいる木村和泉が聞いていた。

久吉は石川道場の顚末を確認すべく、朝から浅草へと出向いていた。もし、石川慚愧斎たちが分銅屋仁左衛門らを仕留めていたら、店の前は大騒ぎになっている。わざわざ石川慚愧斎の報告を待たずとも結末を知られる。

「……駄目だったか」

久吉が普段通りに店を開けている分銅屋に、舌打ちをした。

「石川道場の連中に勝てるはずはないのだが……」

左馬介と何度かやりあった久吉である。あの怖ろしいまでの殺気を放つ石川慚愧斎たちに左馬介が勝てるとはとても思えなかった。

さりげなく通行人を装って分銅屋の店先を通った久吉は、血の臭いを嗅ぎ取った。

「店の前でやりあったな」

すっと地面を見た久吉は、土が一部新しいことに気づいた。

「どっちの血だ」

久吉は石川道場の連中が、左馬介一人に傷を負わすことなく敗退したとは信じられなかった。

「用心棒だけでもやってくれていれば、後が楽なんだが」

そのまま分銅屋の前を通り過ぎた久吉は、懐から紙と矢立《やたて》を取り出した。

「……後はこれを自身番に投げこめば」

久吉が密告を書いた紙を丸めた。

自身番には番太郎と呼ばれる男が一人詰めていた。幕初、自身番が設けられたころは、辻斬りや斬り取り強盗に対抗できるようにと若い男が担当していたが、城下の平穏が長く続くと給金の高い健康な成人男子ではなくとも務まるようになり、今では中年から壮年の男へと代わっていた。

「……おや」

自身番としての仕事よりも、荒物や焼き芋を売るほうが主となっている浅草門前町の番太郎が、土間に落ちている紙に気づいた。

「投げ文かい。珍しいね」

自身番にはときとして、こういった名前を知られたくない者からの投書があった。

「またぞろどこぞの女中が番頭とできてるとかいうどうでもいい話なんだろうが……

自分で女を口説けない情けなさに思いあたれよ」

女中に惚れていた男が、番頭との仲を裂こうとして投書をするのは多い。奉公人同士の男女つきあいはどことも御法度《ごはっと》であり、店に知られれば女中も番頭もただではすまなかった。

文句を言いながら、番太郎が投げ文を開いた。

「……こいつは」

番太郎の表情が変わった。

報せを受けた浅草を縄張りとする御用聞き五輪《いつわ》の与吉《よきち》が、投げ文を持って十手を預けてくれている旦那、南町奉行所定町廻り同心佐藤猪之助のもとへと駆けこんだ。

「……おもしろいじゃねえか」

読んだ佐藤猪之助が小さく笑った。

「一応お報せいたしやしたが、分銅屋に手出しはまずいのではござんせんか」

深い釘を刺されているはずだと五輪の与吉が問うた。

「分銅屋に手出しするんじゃねえ。分銅屋の店の前に異状があるのを調べるだけだ。なんの問題もねえ」

「旦那も執念深いことで」

五輪の与吉が感心した。

「なあに、北町へ移籍するなら、ちいと手柄を立てておかねえとな。肩身が狭いじゃねえか」

佐藤猪之助が述べた。

「土浚《つちさら》いしなきゃいけねえからな、おめえのところの若いのを二、三人連れて来い。分銅屋の前で待ってる」

「へい」

指示に五輪の与吉がうなずいた。

分銅屋仁左衛門は、昨夜の騒動を知っていた。

「なんともまた、手際のよいことで」

朝起きた分銅屋仁左衛門は、店の前が何事もなかったかのように整えられていることに驚いた。

「多少、生臭いですが、まあ、これも昼くらいには消えましょう」

血の臭いがするからと慌てて塩を撒くなどすれば、周囲に異変があったと教えることになる。

分銅屋仁左衛門はあえてなにもしないことを選んだ。

「一応、報せておきますかね」

左馬介に襲われたことを告げるべきだと考えた分銅屋仁左衛門が、昼前に長屋へと向かった。

一日寝ているだけでは退屈で仕方がない。まだまだ傷口が治ったわけではないが、どう動かせば痛くないかを実際に経験したことで学んだ左馬介は、昼間起きあがって、左手で鉄扇《てっせん》を扱う練習をしていた。

「かえって床離れが遅くなりますよ」

店の用事を終えてやって来た喜代が、左馬介に忠告した。

「わかってはおるのだがな。なにもせぬというのが、どうもの」

左馬介が苦笑いを浮かべた。

「まったく」

あきれながら喜代が長屋の掃除を始めた。

「結構な埃《ほこり》、本当に隣のお方は、夜の付き添いだけでなにもなさらないようでございますね」

喜代が箒《ほうき》を使いながら、加壽美を役立たずだと言った。

「芸妓《げいぎ》にそのようなことを求めても無理であろう。水を扱って手先が荒れては、仕事に差し障る」

左馬介が加壽美をかばった。

「さようでございますか」

喜代の声が尖った。

「…………」

女が機嫌を悪くしたとき、うまく宥《なだ》める自信のない男は黙って、嵐が過ぎるのを待つだけであった。

「おやおや、どうかしましたか」

雰囲気が悪くなったところへ、分銅屋仁左衛門が顔を出した。

「おおっ、分銅屋どの。よくぞお出《い》でだ」

ときの氏神《うじがみ》とばかりに左馬介が歓迎した。

「……お茶を淹《い》れまする」

気まずそうに喜代が土間台所へと降りた。

「諫山さま、喜代がなにか失礼でもいたしましたので」

小声で分銅屋仁左衛門が問うた。

「いや、そうではない。そうではないのだが、なぜ怒ったのか、わからぬ」

左馬介が首を横に振った。

「女は難しゅうございますからな」

「…………」

分銅屋仁左衛門の意見に、左馬介は無言で応じた。

「どうぞ」

すでにお湯は沸かしてある。喜代が二人分の湯飲みを持って戻って来た。

「いただこう」

「よく二つもあったな」

湯飲みを受け取って飲み始めた分銅屋仁左衛門とは違って、左馬介は湯飲みを受け取った状態で首をかしげた。

「昨日、お店《たな》から持って参りました」

「そうであったか」

感情のない声で答えた喜代から目を離して、左馬介も茶を啜《すす》った。

「さて、あまりのんびりもしておられませぬのでな」

用件に入ると分銅屋仁左衛門が湯飲みを置いた。

「伺おう」

左馬介も湯飲みを喜代へと返した。

「昨夜、襲われたようでございまする」

「ようとはどういう意味でござる」

確定していない話に、左馬介が首をかしげた。

「店の前で血の臭いがしましたが、普段と変わりなく、死体などが転がっていることもありません」

「前と同じ……勝手口には」

「裏にはなにもなかったように思えました」

左馬介の懸念を分銅屋仁左衛門が否定した。

「やはり……」

「でございましょうなあ」

喜代がいる。田沼意次の名前はもちろん、お庭番という言葉も口にはできない。二人は互いに顔を見合わせてうなずきあった。

「またなにかあったのでございますか」

奉公人は基本、勝手口から出入りする。店の表を見ていなかった喜代が怖そうに身を震わせた。

「なかったとは言えないし、あったとも言えないんだよ。なにせ、なにも跡がないからねえ」

そのあたりにかんして隠しておく意味はない。分銅屋仁左衛門が困惑の表情で応えた。

「…………」

喜代が息を呑んだ。

「親元に帰るかい」

分銅屋仁左衛門が問うた。

「今のところ、うちから怪我人も死人も出ていないけどね。ああ、諫山さまが怪我をされましたな」

「用心棒だ。それも仕事のうち、気を遣われるな」

店の者、身内として考えていなかったと謝った分銅屋仁左衛門に、左馬介が手を振った。

「いや、申しわけない」

もう一度分銅屋仁左衛門が謝罪した。

「で、どうする。辞めたいなら遠慮なく言いなさい。今までの給金に少し割り増しを付けてあげるよ」

「……いえ、このまま御奉公をさせていただきますよう。お店に御奉公して十年をこえましてございまする。お店から嫁に出していただくつもりでおりますれば」

少し考えた喜代が決意を表した。

大店は女中を大事にする。女の口から出る噂は簡単に広まるからだ。奉公していた女中を無下にしたり、長年の慰労をせずに辞めさせたりすると、かならず悪評が湧いた。悪い噂の付いた店に、新たな女中は来ない。来ても碌《ろく》でもない者になった。

しかし、女中を大事にし、歳頃《としごろ》になったら店から道具を用意して嫁に出せば、奉公人を吾が娘のようにしてくれるいい店だと評判になり、奉公人に不自由しなくなるうえ、客も安心して通ってくれるようになる。

「そうかい。ゆっくり考えていいんだからね。いつでもかまわないよ」

分銅屋仁左衛門がそう簡単に決めなくてもいいと告げた。

「で、分銅屋どの。拙者はどうすればよいかの。今夜から戻ろうか」

「お気遣いはありがたいですが、まだ諫山さまは戦《いさ》えますまい」

復帰しようかと言った左馬介を分銅屋仁左衛門が諫めた。

「左手で……」

「無理なことを言われませぬよう。毎日使っている箸でさえ、右から左に移せば、まともにものを摘《つま》むことさえできませぬ。戦うなどとてもとても」

「うっ」

正論に左馬介は反駁《はんばく》できなかった。

「今回のでわかりました。当分は大丈夫でございましょう。今は、とにかくしっかりと治していただくことが、諫山さまのお仕事」

「そう言ってもらえるとは、かたじけなくて涙が出る」

働かずに金をもらうのが気兼ねだった左馬介が申しわけなさそうにした。

「うちのために傷を負っていただいたのでございますよ。もし、諫山さまの面倒を見ず、役に立たないからと見捨ててごらんなさい。二度とうちの用心棒をしようというお方は現れません。どころか、間に立つ人もいなくなります」

江戸では人を雇うときに身許《みもと》保証人が要った。絶対というわけではないが、分銅屋ほどの大店になると用心棒や、ちょっとした造作の手伝いをさせる人足でも、紹介者を介してでないと雇い入れない。これは、身許保証がないと、その者がなにか不始末をしたときの後始末が面倒になるからであった。

もちろん、雇われ人を紹介する身許保証人も雇い主を見ている。決められた金額を払わない、初めに言っていた仕事と違うなど、安心して預けられる相手でなければ雇われ人たちが怒る。そして、その矛先は身許保証人に向かう。身許保証人が親族などならばまだしも、紹介料を取る商売人であればすぐに雇われ人たちが離れていく。そうなれば、飯の喰い上げである。当然、人を欲しがるほうを徹底して調べ、悪い過去があればつきあわない。

「甘えさせてもらおう。あと数日でなんとか」

「無理は禁物でございますよ。さて、用事もすみましたし、帰りますか。喜代、しっかりと諫山さまが馬鹿をしないよう、見張っておきなさい」

「お任せくださいませ」

左馬介に釘を刺した分銅屋仁左衛門の命に、喜代がうなずいた。

三

分銅屋仁左衛門が店を出て、しばらくしたころ、佐藤猪之助と五輪の与吉たちがやって来た。

「この辺か。どうだ、与吉、臭うか」

店には顔を出さず、佐藤猪之助が与吉に問うた。

「ちょいとお待ちを。おめえら、嗅げ」

五輪の与吉が手下たちに命令した。

「…………」

手下たちが地面に顔を近づけて、臭いを嗅ぎ始めた。

「……親分、この辺りが」

一人の手下が声をあげた。

「どこだ……ここか」

五輪の与吉も鼻を利かせた。

「旦那、ござんした」

「でかした。そこの砂を除《の》けろ。そっとだ」

佐藤猪之助が喜んだ。

店の前で御用聞きとその手下が這いずり回っていては目立つ。

「なにをしているんでしょう」

番頭が疑問を呈した。

「旦那がお出かけの最中に、面倒なまねを」

嫌そうな顔をしながらも、番頭は佐藤猪之助たちに近づいた。

「なにをなさっておられるのでございますか」

番頭が佐藤猪之助に問うた。

「ああ、気にするな。ちいと御用の筋だ」

佐藤猪之助が手を振った。

「店の前で、そのようなまねをされますと、いささか」

遠巻きに人々が見ている。こんな状況では分銅屋に入ろうとしている客でも二の足を踏む。

「御用だと言っただろう。邪魔をする気か」

十手を手にした佐藤猪之助が番頭を脅した。

「すみません」

御用と言われれば、どうしようもない。番頭は素直に引いた。

「……ふん」

佐藤猪之助が鼻で笑った。

「どうだ、何か出たか」

「血が染みたであろう土はございますが、ものはまったく」

逸《はや》る佐藤猪之助に、五輪の与吉が首を横に振った。

「範囲を拡げろ」

「へい。おい」

言われた五輪の与吉が、配下たちに顎で指図した。

「……なにもございません」

「こちらも石一つ落ちてやせん」

配下たちがなにもないと言った。

「なにもないはずはない。これだけ血が落ちているのだぞ。もっとよく探せ」

佐藤猪之助が叱りつけた。

「あれは……」

左馬介の長屋から帰ってきた分銅屋仁左衛門が佐藤猪之助を見つけた。

「痕跡探しですか、ご苦労なことだ」

たちまち分銅屋仁左衛門が佐藤猪之助の意図を見抜いた。

「いい加減、うっとうしいですね」

分銅屋仁左衛門が腹を立てた。

「これはこれは、佐藤さま」

近づいた分銅屋仁左衛門が慇懃《いんぎん》に腰を屈めた。

「お、おう、分銅屋か」

店ではなく、外から来た分銅屋仁左衛門に佐藤猪之助が戸惑った。

「お金でも落とされましたか。それは大変でございますね。お手伝いいたしましょう。

皆、出ておいで」

分銅屋仁左衛門が店の奉公人を呼んだ。

「へい」

「今参りまする」

番頭や手代、丁稚たちがわらわらと出て、座りこんで辺りを引っかき回した。

「な、なにをする。止めろ」

あわてて佐藤猪之助が制止したが、すでに辺りは踏み荒らされた後であった。

「お手伝いですが、要りませんか」

「余計なことをするねえ」

しらっと首をかしげた分銅屋仁左衛門を佐藤猪之助が怒鳴りつけた。

「店の前でなにかを探しておられる。なら手伝うのは当たり前でございましょう。なにせ、商いの邪魔になってますから」

「御用だ」

正論を言われた佐藤猪之助が御上の用だと名分を振りかざした。

「なるほど、御用。佐藤さまは当家に一切かかわらないはずでは」

分銅屋仁左衛門と左馬介にしつこく絡んだ佐藤猪之助は南町奉行所筆頭与力清水源次郎から、二度と二人に近づくなと厳命されている。それを分銅屋仁左衛門は清水源次郎からの詫びと一緒に報されていた。

「むっ……ここは分銅屋の敷地内ではない。天下の大道である」

約束には抵触しないと佐藤猪之助が強弁した。

「なるほど、なるほど」

分銅屋仁左衛門が首を縦に振った。

「では、清水さまのご意見を伺うこととといたしましょう」

「………………」

佐藤猪之助にそれを止める権はなかった。

「どうなりますか。越年《えつねん》前にお役を解かれるかも知れませんね」

「与吉、もういい」

「……へい」

悔しそうな佐藤猪之助に、五輪の与吉も苦く頬をゆがめた。

「行くぞ」

佐藤猪之助が、五輪の与吉とその手下たちを連れて去ろうとした。

「そうそう、五輪の親分さん」

「なんでえ」

呼びかけられた五輪の与吉が、分銅屋仁左衛門を睨みつけた。

「布屋の親分さんから、正式に抗議をさせていただきますよ。もちろん、わたくしから浅草観音堂の家主さまにも文句を言わせてもらいます。縄張りをなんだと思っているのだとね」

「くっ」

分銅屋仁左衛門の言いぶんは正しい。五輪の与吉が悔しそうな顔をした。

「いつまでも商人を舐《な》めないことです」

表情を消して分銅屋仁左衛門が宣した。

脅しを受けたに近い佐藤猪之助は、五輪の与吉を帰した。

「もう、おいらにつきあうことはねえ。まちがいなく、数日中に定町廻りを外されるからな」

「旦那……」

告げた佐藤猪之助に五輪の与吉が泣きそうになった。

「よくしてくれた。感謝してるぜ。また、縁があればな」

手をあげて佐藤猪之助は浅草を後にした。

「安本どのと佐治どのに、話をしておかねばなるまい」

佐藤猪之助は呉服橋《ごふくばし》門内の南町奉行所ではなく、両国橋《りようごく》を深川へと渡った。

両国橋は、武蔵国《むさしのくに》と下総国《しもうさ》を繋いでいることから、そう呼ばれていた。

もともと幕府は江戸の防備として大川を堀代わりとしており、架橋を禁じていた。しかし、明暦《めいれき》三年（一六五七）の大火のおり、川に遮られて逃げ遅れた者が十万を数えたことから、四代将軍家綱《いえつな》の大老酒井雅楽頭忠清《さかいうたのかみただきよ》の提言で橋が作られた。国が替わるというのもあり、この橋の中央から東は町奉行の管轄ではなくなった。

とはいえ、町奉行がかかわっていないわけではなかった。当初は深川は本所《ほんじょ》奉行が支配していた。その本所奉行が吉宗の御世に廃止となり、その職務は、町奉行、勘定奉行、普請《ふしん》奉行に分掌《ぶんしょう》された。

町奉行には本所奉行配下だった本所道役が入り、勘定奉行には本所の道路水道の管理が委ねられ、普請奉行には本所にある大名、旗本の屋敷が預けられた。町奉行の配下に入った本所道役とは、勘定奉行の道路水道と被《かぶ》るように見えるが、実際は本所深川の架橋事業を担当するだけで、城家、清水家の世襲であった。

これが本所深川をややこしくした。町奉行所は本所深川の橋にかんしての治安、補修、新設、廃止などをおこなうだけで、本所深川の道路、縦横無尽に走る水路におけるすべては勘定奉行の差配となってしまった。

おかげで町奉行所の同心といえども、両国橋を渡るとその力はないにひとしい。もちろん、町奉行所には本所奉行の後を受けた本所見廻りというのがあるが、その数は少なく、勘定奉行との軋轢《あつれき》を嫌がった町奉行所の意を受けて、ほとんどなにもしていない。また、職権を侵されるのを嫌がるくせに、多忙を理由に勘定奉行も本所深川には気を配っていない。もとより普請奉行は安全に責任がなかった。

これらが相まって、本所深川はあまり治安のよいところではなかった。

「目立つな」

黒紋付きの巻き羽織に黄八丈《きはちじょう》を着流しにしているとあれば、町奉行所の同心と一目でわかる。両国橋を渡った途端、佐藤猪之助は奇異の目にさらされていた。

「掏摸《すり》だああ」

少し離れたところで、騒ぎが起こっても、佐藤猪之助にはなにもできない。いや、手出しをしてはいけないのだ。

「管轄違いでござろう。掏摸はこちらにお渡しいただきたい」

捕まえて大番屋へ連れて行ったところで、勘定奉行から横槍《よこやり》が入り、手柄を持って行かれる。

「他人の職域に手出しするなど、配下の不始末でござるぞ」

それだけですめばいい。だが、町奉行と勘定奉行は、ともに上を狙う出世の敵同士である。その敵の失策を見逃すはずはなく、しっかりと足を引っ張る材料にされる。

こうなれば、ますます佐藤猪之助に居場所はなくなる。

どれだけ手柄を立てて、南町から北町奉行の隠密廻り同心への移籍を願ったところで、そんな失敗を犯した者を引き受けてくれるはずはない。

「なんにもできねえくせに、なにしに来やがった」

佐藤猪之助に聞こえるよう、嫌味を言う者がいても、嚙みつくわけにはいかなかった。

「ここだな。報恩寺《ほうおんじ》から二筋目の三軒目」

報恩寺の門前が見える本所代地町《だいちまち》で佐藤猪之助は安本虎太の屋敷を見つけた。

大名、旗本は表札をあげないのが慣例である。あらかじめ詳しく聞いておくか、あるいは近くに来たところで、誰かに訊くかしないとまず探し出すのは無理であった。

「御免」

佐藤猪之助が潜り門を叩いた。

徒目付《かちめつけ》に任じられるのは百俵から二百俵ていどの御家人で、武芸に優れた者とされている。ほとんど御家人としては最下級になるため、屋敷も小さく、小者などを雇い入れる余裕はまずなかった。

「はい、どちらさまで」

潜り門の向こうから女の声が応じた。

「拙者、南町奉行所同心佐藤猪之助と申す。安本どのに御意を得たい」

佐藤猪之助が名乗った。

「お名前は伺っております る。あいにく、主人御用に出ておりますゆえ、帰りましたらご訪問がありましたことをお伝えいたしまする」

夫の留守に、他の男を屋敷のなかへ入れるのはまずい。妻女は潜り門の向こうから返答をした。

「畏れ入るが、今夜にでも吾が組屋敷までご足労を願いたいとお言伝《ことづて》をお願いしたい」

「承りましてございまする」

屋敷まで来てくれと言った佐藤猪之助に、妻女が承諾した。

「お邪魔をいたした」

「お構いもいたしませず」

ありきたりの挨拶を交わして、佐藤猪之助は安本虎太の屋敷を後にした。

四

久吉は石川道場の失敗も加賀屋へ告げなかった。

「手の打ちようがないぞ。石川道場の浪人たちを返り討ちにできるほど、あの用心棒は強かったのか」

何度も絡んだ久吉は、よく己が無事だったなと安堵していた。

「しかし、このあとどうする」

久吉は袋小路にはまっていた。

「その辺の浪人を雇ったところで、歯は立たぬだろう。となれば、やり方を変えねばならぬが……分銅屋は諸家出入りでもある。加賀屋の旦那からお偉いさんに頼んでもらう。いや、それが効くなら、加賀屋の旦那がおいらに仕事を回したりはしねえ。表の力は使えないと考えるしかねえな」

結局、力ずくになる。久吉の策は、そこへと行き着くしかなかった。

「腕で駄目なら、数で押し切るか。多勢に無勢でいくか」

久吉が思いあたった。

「おいらの配下は二十四人……それ全部使っては縄張りを守れねえ」

闇というのはうまみが多い。博打場《ばくちば》はかならず胴元が儲かるようにできている。客が負ければ金を取りあげ、勝てば手数料だ、祝儀だと名目を付けて支払いを減らす。なにより、場が立つごとに集められる寺銭《てらせん》が大きい。寺銭は勝ち負けに関係なく、胴元のもとに入る。

他にも御法度の岡場所の用心棒代もある。客で金を払わない奴、暴れる奴などの相手をする代わりに、毎月決められただけの金を受け取れる。さらにその岡場所でならば、女を抱こうが、酒を飲もうが金を払わなくていい。

これほどおいしいのが、無頼の縄張りである。

当然、縄張りを持っていない、あるいは拡げたいと考えている無頼から狙われる。縄張りの遣り取りは、そのほとんどが刃傷沙汰《にんじょうざた》だ。勝てば縄張りを奪い、負ければ奪われる。もともとまともな生活ができないから無頼に堕ちた連中ばかりである。襲撃なんぞ正々堂々ではなく、不意討ちになる。いつやってくるかわからない敵しかいないときに、縄張りを守る兵力まで動員するわけにはいかなかった。

「賭場《とば》の守りに五人、岡場所に二人、なにかあったときのための援軍が三人。となれば出せても十四人か。足りねえな」

久吉が人数を割り当てて首を横に振った。

もともと無頼は度胸だけで戦う。剣術や棒術などを学んだ者などいない。ただ、腰に匕首《あいくち》を当てて突っこむか、長脇差を振り回すかしかできないのだ。そんな連中がどれだけ集まっても、石川道場の面々を全滅させる用心棒には勝てない。

「せめてあと十人は欲しいな」

久吉が呟いた。

「もう、尾兵衛のところから引き抜くわけにもいかねえ」

敵対している連中だからこそ、縄張りから人を引き抜くことが許された。敵対している者がいなくなってからの引き抜きは、喧嘩を売ったも同然になる。

「浅草辺りで探すか」

人の集まるところに、無頼は寄る。博打場、岡場所だけでなく、飲食の店や矢場《やば》など遊ぶところが多くなればなるほど、金のもとは増える。その他にも、道行く人にぶつかったり、因縁をつけたりして、小遣い銭を巻き上げる機会も出てくる。

「十人かあ、一人一両として十両、うちの連中にも多少は小遣いをやらねばならぬしな。そうなれば、二十両近い金が要る」

久吉がため息を吐《つ》いた。

加賀屋からの報酬は、ことがなってからの後払いになる。それまでは持ち出しであった。

「それくらいの金ならば、出せないわけじゃないが」

賭場一つで月にそれ以上稼ぐ。だが、出ていくものも多い。賭場を開いているのを目こぼししてもらうために町奉行所の役人や御用聞きに鼻薬を効かさなければならないし、賭場を貸してくれている武家屋敷あるいは寺社への礼金もある。また、賭場は博打をしてもらうためのものなので、そこにおける飲食は胴元持ちが決まりであり、そのための金もかかった。

「二十両かあ……」

後から数倍以上の金が入ってくるとはわかっていても二の足を踏むだけの額であった。

「それに数を揃えれば、浅草の親方衆を刺激することにもなる」

久吉が悩む大きな原因がそれであった。

浅草は庶民に人気の浅草寺《せんそうじ》を抱えた繁華な土地である。それだけに利権も大きく、縄張りは細かく仕切られて、親分と呼ばれる者も多い。つまり、強大な勢力はなく、皆どんぐりの背比べで均衡を保っている。そんなところに二十人からの配下を引き連れて入っていけば、縄張りを奪いに来たと取られかねない。

「かといって全部に挨拶をしてまわるわけにもいかねえ」

人数を連れて縄張りに入るときは、あらかじめそこの親分に挨拶をするのが無頼のしきたりであった。当たり前のことだが、挨拶に手ぶらではいけない。けちくさいと思われないていどの金銭を包むことになる。

「挨拶なしに押し入って、一気にことを片付け、後日詫びを入れるしかないか」

そこそこ金を包めば、どうにでもなる。それが無頼というものであった。

ようやく結論にいたった久吉が腰をあげた。

「配下の誰を連れて行くか……」

腕の立つ配下を考えながら、宿《やさ》を出た久吉に女がぶつかった。

「これは申しわけないことを」

粋筋と一目でわかる女が、詫びた。

「まったくだぜ。気を付けな。おおっ、いい女じゃねえか。おめえ、どこの置屋の者《もん》だい」

久吉が文句を言いながら、女に目を付けた。

「柳橋の平戸屋《ひらどや》の加壽美と申します。どうぞ、ご贔屓《ひいき》に」

女が膝を曲げてしなを作った。

「おう、贔屓にするぜ。急ぎでなきゃ、今からでも贔屓にしたいところだが……」

久吉が辺りを見回した。

「ちいと身体を確かめさせてもらおうか」

他人目《ひとめ》がないと確認した久吉が加壽美に迫った。

「お戯れを……」

伸ばされた手を避けるように見せながら、ついと加壽美が久吉の懐へ入った。

「おう、気が利くじゃねえか」

自ら近づいて来た加壽美に久吉の顔が緩み、そして強《こわ》ばった。

「……がはっ」

「おまえごときに触られるほど、安くはない」

口調をまったく変え、加壽美からお庭番に戻った村垣伊勢が久吉の胸に懐から出した匕首を叩きこんでいた。

衣類の上から刺し、得物を抜かなければまず返り血は浴びない。すばやく久吉から離れた村垣伊勢が久吉の死を確認した。

「うるさすぎたのだ、おまえは。では、ごめんなさいな」

久吉に告げて、ふたたび加壽美に戻った村垣伊勢が、粋筋らしい裾捌《すそさば》きで離れていった。

顔役の死はすぐに縄張りへ拡がった。顔役、親分というのは、善《よ》くも悪くも顔を知られている。倒れている久吉が見つかり、その報せがかかわりのあるところへもたらされるのに一刻ほどしかかからなかった。

「旦那さま……」

大番頭の拓蔵が血相を変えて加賀屋の前に座りこんだ。

「どうしたんだい、騒がしいねえ。見てわかるだろう、わたしは今、茶の湯を稽古しているところなんだよ」

高価な茶碗を手にしていた加賀屋が拓蔵の態度に不機嫌になった。

「そ、それどころじゃ……」

「落ち着きなさい。見なさい、この茶碗の美しさを。先日手に入れたばかりだけどね、さすがは三百両もしただけのことはある。なんともいえずなまめかしいじゃないか」

慌てる拓蔵を尻目に、加賀屋がうっとりとした。

「それどころではございません。久吉が、久吉の親分が殺されました」

拓蔵が叫んだ。

「……えっ」

茶碗を目の前に持ちあげていた加賀屋が驚きの余り、取り落とした。

「わっ、三百両」

加賀屋が顔色を変えて茶碗を見た。

「ふうう、大丈夫だったか」

無事だとわかって、加賀屋がほっとした。

「大番頭さん、悪い冗談はよしなさい。久吉はこのあたりを締めているんだよ。その久吉が……」

そこまで言った加賀屋が、拓蔵の様子を見て口をつぐんだ。

「本当なんだね」

「は、はい。家を出たところで襲われたようで、胸を匕首で一突きだったとか。さきほど自身番の番太郎が報せてくれました」

確認した加賀屋に拓蔵が述べた。

「きっと縄張り争いだろうね。いや、恨みを持つ者の仕業だろう。久吉はあくどいまねをしていたようだし」

加賀屋が悪い状況から目を逸《そ》らそうとした。

「………」

拓蔵も真実をわかっていないだけに、答えようがなかった。

「まさか、分銅屋がやった……」

加賀屋が額に汗を掻いた。

「か、駕籠を呼びなさい。出かける。手代から屈強な者を選んで供にします」

「へ、へい」

指示を受けた拓蔵が、よたよたと出ていった。

「周囲への被害は大きくなるだろうけど、石川道場を動かすしかない」

加賀屋が独りごちた。

用意された駕籠に乗った加賀屋が石川道場に着いたとき、すでに日は暮れかかっていた。

「石川先生、加賀屋でございます」

手代が加賀屋の到着を報せに走った。

「先生、石川先生」

何度も手代が門のところから呼ぶが反応はなかった。

「なにをしているんだい。どきなさい、わたしがする」

加賀屋が門を叩いた。

「おかしいね。誰もいないのか」

応答がないことに加賀屋が首をかしげた。

「旦那さま、門が開いております」

手代が門の隙間に気づいた。どうやら加賀屋に叩かれたことで、門が少しだけ開いたようであった。

「入るよ。二人付いてお出で」

加賀屋が門のなかに入った。

「玄関にも閂《かんぬき》はかかっていないね。おかしい」

立て付けの悪い板戸でも、押せば動く。加賀屋の腰が引けた。

「ちょっと、おまえ。なかへ入って見てお出で」

加賀屋が手代のなかでも大柄な者に命じた。

「へ、へい」

主に言われれば仕方がない。嫌そうな顔をしながら、手代がなかへと足を踏み入れた。

「……旦那」

しばらくして手代が戻って来た。

「どうだった」

「誰もいません」

尋ねた加賀屋に手代が告げた。

「誰もいない……どこかへ行ったのか」

加賀屋が首をかしげた。

もともと無頼よりも質《たち》の悪い人斬り道場なのだ。不意にどこかへ行ったり、夜逃げをしたりしても不思議ではなかった。

「くそっ、肝心なときに役立たずが」

加賀屋が吐き捨てた。

「で、旦那さま、奥にこれが」

手代が手にしていた太刀を加賀屋に見せた。

「刀じゃないか……この髑髏《どくろ》の拵えは、石川先生のもの。何度も見たことがある。太刀を置いたまま、どこかへ出かけるなどあるのか……うん、なんだ」

差し出された太刀を受け取った加賀屋が、鞘《さや》の手触りに違和感を覚えた。

「提灯を寄こせ」

加賀屋がすでに提灯に灯を入れていた駕籠屋へ言った。

「へい、どうぞ」

駕籠屋も加賀屋出入りであり、いつも酒手をもらっているだけに手早く提灯を渡した。

「……黒いね。これは……血じゃないか」

提灯を近づけてよく見た加賀屋が驚愕した。

「えっ」

「お預かりを」

持って来た手代が驚き、もう一人の手代が加賀屋から奪うように取りあげた。

「不吉なものをお触りになってはなりません」

取りあげた手代が、加賀屋から隠すように太刀を背に回した。

「ああ。よくしてくれた。定吉《さだきち》だったね」

加賀屋が手拭いで何度も手を拭きながら、手代の対応を褒めた。

「帰るよ。わたしたちが来たとわからないように、後始末をしなさい」

駕籠へと向かいながら、加賀屋が言い残した。

「はい」

「へい」

手代たちがうなずいた。

さっさと駕籠に乗りこんだ加賀屋だったが、血染めの太刀の意味がわからないほど鈍くはなかった。

「石川道場の連中が殺された……」

加賀屋は大きな衝撃を受けた。

「誰に……あの鬼のような石川慚愧斎を殺せる者などどこにいる」

小田原の結果を加賀屋は知っている。そのあまりの酷さに、加賀屋はもう一度石川慚愧斎を遣うのをためらったほどだ。今回は、己の命が危ないと思えばこそ、遣うまいと決めていた石川慚愧斎を頼った。だが、その石川慚愧斎が死んでいた。

「道場の門も玄関も壊されていなかった。なかも荒らされていたとは言ってなかった」

加賀屋が呟いた。

「石川慚愧斎は道場で襲われたのではなく、外で殺されて、太刀だけ戻された……これも見せしめだ」

状況を理解した加賀屋が駕籠のなかで大きく震えだした。

「旦那、駕籠が揺れてやすが、どうかしやしたか」

駕籠屋が加賀屋に声をかけた。

「なんでもない。なんでもないから、さっさと店へ戻りなさい」

加賀屋がわめくように命じた。

第五章　目付の独立

一

男というのは辛抱がきかない。

怪我をして三日も経つと寝ているのに飽き、五日で我慢できなくなる。

左馬介も七日目には朝から起きあがって、動き出した。

「なにをしている、愚か者」

長屋の朝は早い。夜明けとともに仕事に出ていく職人が住人のほとんどを占めているだけに、明け六つ（午前六時ごろ）を過ぎれば、あちこちで炊飯の煙が立ち、井戸端に顔を洗う者たちが集まる。

その騒音を目覚まし代わりにした左馬介が、起き抜けの日課だった鉄扇《てつせん》振りを再開していた。

「村垣どの」

長屋の裏にある物干し代わりの庭で鍛錬をし始めた途端、村垣伊勢に叱られた左馬介が気まずそうな顔をした。

「怪我人だとわかっていないのか」

ふわりと庭を仕切っていた壁を村垣伊勢が跳びこえてきた。

「いや、その、もう傷口もふさがったので……」

左馬介がおたおたと言いわけをした。

「どこを怪我したのかわかっているな」

「もちろん」

当人なのだ、傷がどこかなどよく知っている。

「では、もう一度そこを突いてやろう」

すっと村垣伊勢が櫛巻《くしま》きに留めていた簪《かんざし》を抜き、逆手に握った。

「……………」

「冗談はやめてくれ」

無言で迫ってくる村垣伊勢を、左馬介が手を突きだして止めようとした。

「一度死なねばなおるまい、おぬしの頭の悪さは」

「わかった。おとなしくする」

簪を突き出そうとした村垣伊勢に、左馬介が降参した。

「……本当にわかったのだろうな」

村垣伊勢が構えを解かずに確認した。

「まことでござる」

左馬介が何度もうなずいた。

「今回だけは見逃してくれる」

簪を差すため、村垣伊勢が拡がった髪をまとめ始めた。

「…………」

柳橋一と言われるだけあって、村垣伊勢の容姿は人並み優れている。女らしく髪をまとめる様子は、その正体を知っている左馬介でさえ見惚《みと》れるほどであった。

「なんだ、吾に惚れたか。なんなら抱かれてやってもよいぞ」

左馬介の目がどこを見ているか気づいた村垣伊勢が、嫣然《えんぜん》とほほえみながら襟をくつろがせた。

「……見るだけで結構だ。先ほどの簪、右胸ではなく、喉を狙っていたではないか。いつ刺されるかわからん女は勘弁だ」

左馬介が首を横に振った。

「わからんぞ。意外とそういう仲になれば、尽くすやも知れぬ」

「己のことだろう。他人の話のように言うな」

首をかしげながら述べた村垣伊勢に、左馬介があきれた。

「まあいい。鉄扇を振るのはまだ早い。だからといって、寝たままでは筋が固まる」

村垣伊勢がからかうような表情から、真剣なものへと変化させた。

「まずは、足から動かせ。足ならば無理をせぬ限り、傷口には響かぬ」

「足か。たしかに寝過ぎて萎えた気がする」

説明に左馬介が納得した。

「……こういうふうに、両足を肩の幅に開き、尻をまっすぐ地に着ける手前まで落とし、そこからゆっくりと足を伸ばす。肝心なのは、伸ばすときはできるだけゆっくりとおこなうのと、背筋を傾けぬようにすること」

裾が大きく開き、太ももまで露わになるのも気にせず、村垣伊勢がやってみせた。

「こうか」

太ももに目をやらず、左馬介がまねをした。

「それでいい。二十回ほど朝晩にすれば、数日で足の力はもどろう。そうすれば今度は両手を加える。そのころ、また教えてやる」

「ありがたい」

素直に左馬介は感謝した。

「そろそろあの女中が来るな。こんな姿を見られては大事だ」

村垣伊勢の姿は、かなりあられのないものになっている。思いこみの激しい者に見られたら、左馬介が村垣伊勢に無体を仕掛けていたと思われかねなかった。

「回数は守れ。やればやるほど効果が出るのではなく、かえって負担が増し、足を痛めるぞ」

最後に注意を加えて、村垣伊勢がまた塀を跳びこえた。一瞬、裾が舞った。

「…………」

黙って見送った左馬介が、ため息を吐《つ》いた。

「岡場所にでも行かぬとたまらぬわ」

左馬介は煩悩に悩まされた。

芳賀と坂田の行動は、他の目付にも気づかれていた。

最初は周囲の目をかなり気にしていたが、格上の町奉行まで従わせたことで二人は油断してしまった。

「行くぞ」

「うむ」

顔を見合わせてうなずき合った二人が、見せかけのずれを作りながら目付部屋を出て行った。

二人で目付部屋にて話しこむようなまねはしていなくとも、一人が二階へ行けば、まもなくもう一人も階段を上がっていく。何度か繰り返せば、二人で組んでなにかをしていると誰にでもわかる。

「なにをしているのだ」

目付は基本、一人で動く。誰を調べているかなどを知られては、相手に対応されてしまい、証拠などを抹消されるからだ。

それが二人で組んで対処するとなれば、相手は相当な大物、あるいは同僚の目付としか考えられない。

「老中のどなたか」

「御三家あるいは譜代の名門」

「目付の誰か」

かかわっていない目付たちの注目を芳賀と坂田は集めていた。

「当番目付どのよ、どうする」

ついに一人の目付が口火を切った。

目付は同僚も監察するため、他の役目のような組頭《くみがしら》というものがいなかった。早くに目付になったというのも、上下関係になりえない。一人一人、独立しているのが目付なのだ。ただそれでは、幕府の通達などを一人一人に告げなければならなくなるため、輪番《りんばん》で当番目付を設け、そういった雑用の処理をしていた。

「伊佐美《いさみ》、どうするとはどういう意味だ」

話しかけてきた目付に当番目付が問うた。

「見過ごしていてよいのかと訊いておる」

伊佐美という目付が当番目付を睨んだ。

当番目付は単なる雑用係でしかなく、他の目付より偉いわけではない。伊佐美の態度は当番目付の気分を害するていどで、咎《とが》められるものではなかった。

「目付は独立している。芳賀も坂田も問題となるようなまねをしているわけではなかろう」

当番目付が手出しするほどのことではないと否定した。

「そうか。おぬしはなにもせぬのだな」

伊佐美がすっと当番目付から離れた。

「待て、なにをするつもりだ」

その反応に当番目付が危惧を感じた。

「芳賀と坂田がなにをしても気にせぬのだろう。ならば、拙者がどのように動こうが、おぬしには関係ない」

冷たく伊佐美が拒んだ。

「むっ……」

返す刀で斬られたようなものである。当番目付が詰まった。

「城島、おぬしはどうだ」

伊佐美が別の目付に声をかけた。

「今、他になにもかかえておらぬでな。一緒にやるか。貴殿はどうする、山口」

「拙者も手伝おう」

目付部屋に残っていたもう一人の目付も手をあげた。

「では、早速に打ち合わせをいたそうではないか」

伊佐美が音頭を取って、当番目付から離れた片隅へと三人が集まった。

「なにが一番怪しいと思う」

「まさかと思うが老中さまを狙っているのではないだろうな」

伊佐美の問いに山口が言った。

目付の上司は若年寄であるが、幕政の最高権力者である老中には気を遣う。建前上は老中であろうが、御三家であろうが、将軍以外は監察の対象とし、十分な証拠が集まれば評定所へ訴え出ることができる。

とはいえ、実際に老中を訴えることはしない。目付に訴えられた老中は、少なくとも罷免《ひめん》されるため、影響はまずないが、残された老中たちが黙っていなかった。

老中は幕府執政衆として、格別な権利を将軍から与えられていた。幕初から老中には将軍でさえ慰労の声をかけるなど、気を遣っている。譜代大名のなかでも家柄、能力に秀でてなければ、就けないだけに矜持《きょうじ》も高い。

その老中がたかが千石ていどの目付に貶《おとし》められた。被害が己でなかったにせよ、老中という権威に傷を付けられたと感じるのは当然であった。

「生意気な」

「先祖の功績が足らぬゆえ、大名にもなれなかった小者風情が」

老中たちに目を付けられれば、幕府監察の目付といえどもおしまいであった。

さすがに同僚がやられたからといって、その目付を罷免はできない。そんなことをすれば、恣意《しい》だとの批判が沸き、かえって老中の権威を落とす。

「職務奨励につき、大坂町奉行へ任ずる」

目付から大坂町奉行となれば、かなりの出世になる。目付だった旗本も喜んで異動を受け入れる。だが、これは罠《わな》であった。

大坂は商人の町で、武家の価値が軽い。その商人たちと武士との狭間《はざま》に立つ町奉行は、もめ事に巻きこまれやすい。事実、大坂東町奉行、西町奉行の両者を合わせた半数以上が、在任中に汚職や裁断の不備で咎めを受け、小普請組《こぶしん》へと追いやられている。

目付でなくしてしまえば、旗本の一人や二人、生かすも殺すも老中の掌《てのひら》のなかになった。

もちろん、断ることはできない。出世を断ったのだ、今の役目を解かれても文句は言えなくなる。

これをわかっているから、目付は老中や上司である若年寄に手出しはしなかった。

「今のご老中は、大御所さま子飼いの方々ばかりじゃ。あの厳しい大御所さまがお引き立てになった方に不始末があるとは思えぬ」

城島が首を横に振った。

「となると……」

「……かの」

「我らだと」

伊佐美、城島、山口が顔を見合わせた。

「今さらなことを訊くが、大丈夫なんだろうな。挨拶だという金や、節季の品だとか受け取ってはおるまいな」

伊佐美が山口と城島へ確認した。

「ふざけるな。目付になったときに、親戚、友人のすべてと縁を切ったわ」

「言っていいことと悪いことがあるぞ、伊佐美」

山口と城島が憤慨した。

「すまぬ。拙者も大丈夫だ」

頭をさげた伊佐美が、己も潔白だと誓った。

「となると、残るは五人か」

伊佐美が難しい顔をした。

目付は多少の変動はあるが、十四名から十五名を定員としていた。それを享保十七年（一七三二）、吉宗が定員を十名と決めていた。

「当番目付も入れているのか」

「外す理由はなかろう」

問うた山口に伊佐美が告げた。

「たしかにそうだな。では、どうやって調べる。芳賀と坂田が誰を標的にしているのかを」

城島が尋ねた。

「徒目付《かちめつけ》はどうだ」

伊佐美が思いついた。

「どうせ、調べは徒目付にさせていよう」

目付は矜持が高いため、探索という不浄職のまねごとなどはしない。実務は徒目付に丸投げして、己たちはその結果を待つだけというのが普通であった。

「徒目付……しゃべるのか」

山口が疑問を呈した。

目付の配下になる徒目付は、口が固くなければ務まらない。武芸で選ばれるとはいえ、口の軽い者は、すぐに罷免となる。

「直接に訊いても答えまい。その辺りはやりようだな。口を割ったと思わせぬように話を持っていければ、どうにかなろう」

伊佐美がやりようだと言った。

「まずはあの二人が使った徒目付を特定せねばならぬな」

「それくらいはどうにでもなる」

課題の第一をあげた伊佐美に、城島が告げた。

「任せてよいか」

「おう。その代わり、特定した後のことは頼むぞ」

確認した伊佐美に城島が言った。

「わかった。いいな、山口」

「異はない」

伊佐美と山口がうなずいた。

分銅屋仁左衛門はしっかり佐藤猪之助への苦情を南町奉行所筆頭与力清水源次郎に入れていた。

二

「……というわけでございまして、さすがに商いの邪魔をなされては」

「そのようなまねをいたしたか。すまぬことであった。後できつく叱っておくゆえ、今回は流してくれぬか」

金主の一人でもある分銅屋仁左衛門へ、清水源次郎が詫びをした。

「清水さまのお顔を立てましょう」

「そうしてくれるか、ありがたい」

清水源次郎が許すと言った分銅屋仁左衛門に感謝した。

「つきましては、一つ、お教えを願いたく」

「……なにかの」

条件を出した分銅屋仁左衛門を清水源次郎が警戒した。

「なにか当家に対しまして、ご不満でも」

「……………」

訊かれた清水源次郎が黙った。

「先日の強盗騒ぎもそのまま終わったようでございますし、ここ最近は当家へのお見廻りもいただけておりませぬ」

「あの強盗騒ぎは、もうすんだことであろう。咎人《とがにん》どもは皆返り討ちに遭って死んだことでもあるしの。死人を責め問いにもかけられまい」

責め問いとは、奉行所がおこなう拷問のことだ。清水源次郎は犯人が死んだ以上、なにもできないと首を横に振った。

「ご手配書との照合はなされたのでございましょうね。あのような凶悪な連中でございます。きっと他でも罪を犯しておりましょう」

「……もちろんだ」

一瞬だけ遅れたが、清水源次郎がすませてあると答えた。

「ご手配はなかったと」

「そのように山中小十郎からは聞いている」

清水源次郎が山中小十郎のせいにした。

「さようでございますか」

手配書きは町奉行所のもので、内部でどうにでもできる。さすがに駿河《するが》や大坂、京へ回した手配書の回収まではできないが、捕まえたと報せれば、向こうで始末してくれる。分銅屋仁左衛門がいかに豪商でも、どうにもできなかった。

「強盗に襲われた店へお廻りがないのは」

「それも知らなかった。ただちに指示するゆえな」

またも清水源次郎が責任逃れをした。

「お願いをいたしましょう。では、他に行くところがございますので、これにて御免を」

分銅屋仁左衛門が一礼した。

「どこへ参るのかの。なんなら同心に送らせるが」

清水源次郎が機嫌を取りにかかった。

「大丈夫でございます。近くでございますれば」

「近くとは、どこじゃ」

断った分銅屋仁左衛門に清水源次郎はしつこかった。

「堀田《ほった》相模守《さがみのかみ》さまのお屋敷へ」

老中の名前を分銅屋仁左衛門が出した。

「ご老中さま……」

さっと清水源次郎の顔色が変わった。

「失礼を」

清水源次郎が息を呑んだ隙を見て、分銅屋仁左衛門が辞去した。

「おい」

分銅屋仁左衛門がいなくなった途端、清水源次郎が人を呼んだ。

「堀田さまのお屋敷へ本当に行くかどうか見て参れ」

「はっ」

顔を出した同心に、清水源次郎が命じた。

「分銅屋がそのような手を遣うとは思えぬが」

実力者の名前を出して、いかにもつきあいがあるように思わせ、相手を引かせるという手はまま遣われた。

老中の屋敷は西丸下に集められる。いわば役屋敷のようなもので、辞めるまではほとんどの場合廓内《くるわうち》に上屋敷があった。

「戻りましてございまする」

「どうであった」

報告に来た同心に清水源次郎が尋ねた。

「たしかに堀田さまのお屋敷へ入って行きました。念のため、少し見張っておりましたが、出ては参りませんでした」

同心が述べた。

「今は何刻だ」

「そろそろ七つ半(午後三時ごろ)かと」

「すでに堀田さまはお屋敷か」

清水源次郎が苦い顔をした。

老中の執務時間は短い。朝五つ(午前八時ごろ)に登城し、昼八つ(午後二時ごろ)には下城した。多忙な老中がこんなに早く御用部屋を出るのは、もっとも偉い老中が残っていれば、下の役人が帰られないからだという説と、老中の仕事は同じ老中でも報せられないときがあるゆえ、秘密の保てる屋敷で執務するほうがいいという説があった。

「ご苦労であった。下がれ」

同心をねぎらって清水源次郎が手を振った。

「……お奉行さまとご相談いたさねばならぬな」

清水源次郎が、町奉行所に隣接している南町奉行役宅へと足を運んだ。

町奉行は与力同心に話があるときか、白州で裁きを下すとき以外は、役宅で執務をした。

「なにかあったのか」

やはり八つ過ぎに江戸城から下りてきた山田肥後守が、書付を処理しながら清水源次郎の用件を問うた。

「分銅屋のことでございまする」

「………」

清水源次郎の出した名前に、山田肥後守が不機嫌に黙った。

「あまりにあからさま過ぎましょう。さきほど分銅屋が参りまして、嫌味を……」

「商人風情が、奉行所に文句を付けるなど、思いあがりも甚だしいわ」

山田肥後守が罵った。

「お奉行さま、分銅屋が堀田相模守さまのお屋敷に出入りしておりますことは、ご存じでございましょうや」

「知らぬぞ」

さっと山田肥後守の顔色が白くなった。

「……という状況でございまする」

南町奉行所を出た後、分銅屋仁左衛門が堀田相模守の屋敷へ消えたことを清水源次郎が告げた。

「まずいではないか。相模守さまは先代将軍吉宗さまが大御所となられたときに、老中へ抜擢され、そのまま老中首座となられたお方ぞ。御当代上様の御信任も厚い。もし、我らの対応を相模守さまへ訴えられたら……」

町奉行所がまともに下手人を探索しない。町廻り同心が顔を出さない。どちらも町奉行の職務怠慢になる。

「…………」

老中と会うこともなく、向こうが名前を知ることもない、お目見え以下の与力である清水源次郎は焦る山田肥後守とは対照的に落ち着いていた。火の粉は責任者である山田肥後守で止まる。そして、目付芳賀と坂田に脅されて、分銅屋仁左衛門を保護するなと求めたのも山田肥後守であり、清水源次郎にはかかわりのないことであった。

「どうすればよい」

町奉行まで上がるには何十年という役人の経験が要る。それも傷のない経歴と優秀な結果も必須であった。

町奉行に出世できるのは、それこそ砂浜に落ちた針を拾うようなものなのだ。ここまで来た成果が無になるかもしれない。

山田肥後守が焦燥するのも当然であった。

「どちらをとられまするや」

「堀田相模守さまと目付か。言うまでもない堀田さまじゃ」

清水源次郎の問いに、山田肥後守が考えることもなく答えた。

目付と老中を比べることこそまちがいであった。その権力の違いは天と地ほどもある。

「では、すぐに目付との絶縁を奉行所内に周知していただきますよう」

「わかった」

「それと佐藤猪之助を咎めたく、お許しをくださいませ」

「誰じゃそれは。聞いたような気がする」

最初の条件を呑んだ山田肥後守が佐藤猪之助の名前に怪訝な顔をした。

「定町廻り同心でございます。こやつが最初に分銅屋に目を付け、なにかと絡みまして……あの旗本田野里さまのお手討ち一件の」

「ああ、あやつか」

山田肥後守が思い出した。

「あの者が、また分銅屋に絡みましてございまする。二度と近づくなと厳命いたしておりましたのですが」

小さく清水源次郎が首を左右に振った。

「なぜに、あのとき廻り方から外しておかなかった」

山田肥後守が清水源次郎を責めた。

「恥ずかしい話でございますが、よほどの罪でなければ、次の越年まで人事は待つというのが慣例でございまして」

叱られた清水源次郎が言いわけをした。

「そんなまねをしているから、このようなことになるのだろうが」

山田肥後守が清水源次郎に当たった。

「申しわけございませぬ」

目付に脅されて分銅屋仁左衛門を庇護《ひご》の対象から外せと命じたことを忘れたかのように怒鳴る山田肥後守だったが、反発することなく部下は上司の怒りを受けなければならない。清水源次郎が頭をさげた。

「ただちに佐藤猪之助に罰を与えまする。どのようにいたしましょう。定町廻りを外し、自宅で謹慎させましょうか」

「生ぬるいわ。そのていどでご老中さまのお怒りをどうにかできようはずはない。佐藤某は籍を剝奪せよ」

「それはっ……」

山田肥後守の指示を聞いた清水源次郎が絶句した。

「町奉行所役人は、代々の……」

「黙れ。それくらいのこと余が知らぬはずはなかろう。そなたら与力は譜代であるが、同心は一代抱え席であろう。いつでも辞めさせられるはずじゃ」

そこまでしなくとももと宥《なだ》めかけた清水源次郎を山田肥後守が封じた。

一代抱え席とは、世襲できない身分のことを言う。町奉行所の同心は同心のなかでも珍しい、譜代ではなく一代抱え席であった。もっとも職責が独特なため、実際は父親が引退する前に嫡男が見習い出仕し、父親の引退と同時に新規召し抱えを受けるという形での世襲を取っていた。

「しかし、放逐はあまりに」

罪人を扱い、死罪までおこなう町奉行所役人は不浄職と忌避されている。そのため、どうしても同じ町奉行所役人同士での通婚になりやすく、どこかで縁が繋がる親戚のような状況であった。

「それくらいせねば、分銅屋が納得すまい」

「……いかがでしょう。分銅屋を定町廻りの拠点としては」

代案を清水源次郎が出した。

「拠点とはなんだ」

「かならず一日一度は、定町廻り同心が立ち寄り、しばらく滞在するところでございまする。あの辺りでは、浅草寺門前町の自身番、吉原会所などがございまする。町奉行所の同心がよく来るとなれば、ゆすりたかりはもちろん、盗賊なども寄って参りませぬ」

首をかしげた山田肥後守へ清水源次郎が説明した。

町奉行所役人の立ち寄るところが、なんらかの被害を受けたとなれば、その面目は丸つぶれになる。もし、それを強行する輩が出たら、町奉行所総出で追いかけた。

「拠点はよいな」

山田肥後守が認めた。

「だが、佐藤をそのままにはできぬぞ。必罰じゃ」

少しでも責任を佐藤猪之助に負わせようと山田肥後守は考えていた。

「定町廻り同心から外し、一カ月謹慎、その後養生所《ようじょうしょ》見廻りに異動ではいかがでございましょう」

清水源次郎が妥協案を出した。

「養生所見廻りか……」

山田肥後守が考えこんだ。

養生所見廻りは八代将軍吉宗が、困窮している者にも医療をという慈善の思いで作った小石川《こいしかわ》療養所の治安を担当する。患者に紛れている無宿者や暴れるような粗暴な者を取り締まる他に、流行病《はやりやまい》などへの対応もした。まだ新設されたばかりのうえ、金とはまったく縁がない役目であり、廻り方同心の島流しとも言われて嫌われていた。

「あからさまな罰とわかるな」

「では、そうさせていただきまする」

納得した山田肥後守に、清水源次郎が素早くそうすると宣した。

「分銅屋のこと、そなたに任せる。決して、余に持って来るな」

「努力いたしまする」

清水源次郎は確約をしなかった。

三

分銅屋仁左衛門は堀田相模守の屋敷で、用人と会っていた。

「浅草の両替屋分銅屋仁左衛門と申しまする」

「当家用人瀬川《せがわ》である」

老中の用人といえば、そこいらの大名をはるかにしのぐ権力を持っている。もっともそれに溺れて尊大になるようでは、とても役目を全うすることはできない。前触れなしで初めての訪問にも対応した。

「本日は不意の目通り願いをおかなえいただきかたじけなく存じまする」

会ってもらえたことに分銅屋仁左衛門が深く謝した。

「いや、今話題の分銅屋が会いたいと来たのだ。興味を持つのは当然であろう」

瀬川が笑った。

「話題でございますか……」

「加賀屋ともめているらしいの」

なんのことかとわからない風の分銅屋仁左衛門に瀬川が述べた。

老中の用人ともなると、城下のすべてに気を配っていなければならない。豪商同士のもめ事にも興味を示した。

「ご存じでございましたか」

分銅屋仁左衛門が苦笑いを浮かべた。

「加賀屋の影響力は馬鹿にできぬでな」

「旗本、御家人のお歴々には、加賀屋は鬼より怖い相手でございましょう」

「誰でも金を握られてしまえば、頭があがらなくなるものだ」

笑いを瀬川が消した。

「で、何用か。加賀屋との仲を取り持てと言うならば、当家は筋違いであるぞ。老中が商家の争いに口を挟むことはない」

瀬川があらためて尋ねた。

「たかが加賀屋のことでおすがりするようなまねはいたしませぬ」

はっきりと分銅屋仁左衛門が否定した。

「お名前をお借りしました」

「しました……」

借りに来たではなく、もう借りたという分銅屋仁左衛門を瀬川が怪訝な目で見た。

「はい。堀田相模守さまのお名前をお借りいたしました」

もう一度分銅屋仁左衛門が言った。

「わけのわからぬことを申すの」

瀬川が戸惑った。

「じつはこちらにお邪魔する前、南町奉行所へ参っておりました」

「南町へ……それが当家とどうかかわってくる」

瀬川の表情が固くなった。

「少しお話をお聞きくださいませ。じつは……」

分銅屋仁左衛門が一連のことを語った。

「お目付がそなたのもとへ」

一転して瀬川の表情が困惑に変わった。

「目付は旗本の監察、たしかに役人が特定の商家と癒着しているようならば、調べるだろうが……」

「気位の高いお目付さまが商家まで来ることはないと」

瀬川の言わなかったことを分銅屋仁左衛門が口にした。

「……………」

「普通ならば徒目付を向かわせる。それなのに本人が直接やって来た」

「徒目付さまとお小人《こびと》目付さまともご一緒でございましたが」

分銅屋仁左衛門が付け加えた。

「目付臨場の正式な供揃えではないか」

聞かされた瀬川が目を剝いた。

「はい。隠すとか密《ひそ》かにとかお考えではなかったのでございましょう」

「そこまでして、なにもなかったではすまぬぞ。目付が動くとき、それはかならず成果を出すということだ」

瀬川が唸った。

監察とは探索の意味でもある。探索は疑いのある段階で、証拠を探し出したり、固めたりするためにおこない、裁決の場で言い逃れできないようにするためのものなのだ。当然、探っていると知られたら、対抗策を取られる。

探索は密かにするのが常識であった。

それをあからさまに見せつけてやった。これは確実に罪に落とせるとの自信があるとの証《あかし》であり、もし、失敗したら己の無能をさらけ出すことになった。

「そのときは、誠心誠意お話をさせていただきまして、無事にお帰りいただいたのでございますが」

実際は詳細を知る左馬介を仕官という甘い蜜で誘い、寝返らせようとまでしたのだが、そこまで瀬川に教えずともいい。

「どうも最近、町奉行所が……瀬川さまは出入りというものをご存じでございましょう」

「知っておる。当家も北町奉行所にかつては出入りを許していた。殿が老中になられたことで出入りは辞めておる」

確かめた分銅屋仁左衛門に瀬川が応じた。

大名も町奉行所との縁を大事にした。武士に町奉行所は手出しできないとはいえ、それは表のことでしかない。藩士とどこかの藩士が刃傷沙汰《にんじょうざた》を起こし、斬り殺されたりした。このとき最初に死体を回収するのは町奉行所の仕事になる。もし、このとき殺された藩士の所属が公になったら、武芸で負けて死体を路上に晒《さら》したと藩に傷が付く。

あるいは商家で金を払う払わないなどの問題が出たときも、藩の名前が出るのはまずい。

こういったとき、町奉行所が出入りしていると、藩の名前が出ないように手配してくれるのだ。死体は身許不明で回向院《えこういん》へ送ってくれるし、商家と藩士の間に入って、騒動が表に出ないよう仲介してくれる。

どこの大名も町奉行所とのつきあいを持っている。ただし、これは大名が老中になるとなくなった。つきあいが切れるわけではない。町奉行所が忖度《そんたく》し、老中となった大名から出入りの金を受け取らなくなるのだ。老中を怒らせれば、町奉行の首なぞ、簡単に飛ぶ。そうならないようにという、ご機嫌取りであった。

「うちは南町へ出入りをさせていただいておりまして、恥ずかしくないだけの合力《ごうりき》をして参ったつもりでございます」

「江戸でも知られた両替商の分銅屋仁左衛門だ、かなりの金額だろう」

用人は世慣れていなければ務まらない。瀬川が認めた。

「それが、ここ数カ月の間に何度も襲われておりまする」

「…………」

瀬川が沈黙した。

「通常でしたら、出入りさせていただいている町奉行所のお役人さまがちょくちょくお立ち寄りくださるのですが、まったくなく」

「山田肥後守さまに一言主から申して欲しいと」

瀬川が分銅屋仁左衛門の用件を推察した。

「いいえ」

分銅屋仁左衛門が首を横に振った。

「まさか、山田肥後守を更迭《こうてつ》しろと」

より厳しい対応を求めるのかと瀬川が驚いた。

「とんでもございません。なにもしてくださらなくて結構でございまする」

「……なにもか」

瀬川が念を押した。

「はい。わたくしどもで思い知らせて差しあげようかと」

分銅屋仁左衛門が口の端をゆがめた。

「怖いの、金の力という奴か」

「これを」

すっと分銅屋仁左衛門が、懐から金包みを一つ取り出した。

「どういう意味のものだ」

二十五両という大金を前に手を伸ばすことなく、瀬川が訊いた。

「お手間をお取りいただいたお礼でございます。もちろん、今後なにかお願いすることもございませぬ。そのときは、あらためてご挨拶に参りますれば」

「なるほど、名前の貸し賃というわけだ。随分と安いの。老中の権威にしては、ちと足りぬのではないか」

意味を悟った瀬川が分銅屋仁左衛門を見つめた。

「さすがは御用人さま」

分銅屋仁左衛門が瀬川の言い分を称賛した。

「では、もう一つお出ししましょう」

懐から金包みをもう一つ、分銅屋仁左衛門が取り出した。

「五十両か。まあよかろう」

一両あれば庶民一家が一カ月生活できる。百石取りの武士の年収にも匹敵する五十両は大金であった。

「その代わり、わたくしが参上いたしましたときは、お留守でない限り瀬川さまにお目通りができますよう、お願いをいたしまする」

老中との伝手《つて》は大きい。分銅屋仁左衛門が二十五両上乗せ分を要求した。

「会うだけならよいぞ。頼みごとがあるならば、そのときどきということでな」

他の用件には、別途金が要ると瀬川が告げた。

「お遣《や》りになられる」

「老中というのは、なかなかに金のかかるものでの」

分銅屋仁左衛門と瀬川が顔を見合わせて笑った。


目付城島が二階の資料部屋へと入った。

「誰でもよい、一人参れ」

資料部屋から城島が隣接する徒目付控えに声をかけた。

「はっ」

すぐに徒目付が資料部屋へ伺候した。

「そなた名前は」

「宇治《うじ》一介《かずすけ》と申しまする」

徒目付が名乗った。

目付の顔を徒目付は把握していなければならないので、城島の名乗りはなくても宇治一介は気にしていなかった。

「そなた芳賀と坂田を存じておるな」

「はい。お役目を命じられたことはございませんが、お顔は」

問うた城島に宇治一介がうなずいた。

「ここ最近、芳賀と坂田の役目があったことを知っているか」

「あいにく」

知っていても話すことはできない、宇治一介がわからないと答えた。

「ふむ。他の目付の用はあったか」

「ございました」

特定されていなければ答えられる。ここでなにもないといえば、徒目付は仕事をしていないと言うのと同じになってしまう。

「誰と誰が出た」

「それは……」

宇治一介がためらった。

「仕事をした者としていない者を区別するのは当然であろう。昨日まで働いていた者に、また役目が回り、何カ月も任に就かない者はそのまま遊んでいるでは、よろしくなかろうが」

「はい」

正論だけに宇治一介は否定できなかった。

「ここ一カ月、任に出た徒目付どもを書きあげよ」

「あの……」

「懸念は要らぬ。等しく役目が回っているかどうかを見るだけであり、仕事に出ていないからといって咎め立てるようなまねはせぬ」

役目を果たしていないとして同僚が咎められるのではないかという宇治一介の懸念を、城島が否定した。

「畏れ入りまする」

宇治一介が安堵した。

「では、早急にの。隠し立てはいたすな。もちろん、どの目付からなにを命じられたかまでは記さずともよい」

もう一度城島が安心させた。

「急ぎ」

一礼して徒目付宇治一介が資料部屋から出ていこうとした。

「ああ、いつ仕事を受けたかの日付けだけは入れておくよう。でなければ、確認ができぬでな」

「承知いたしましてございまする」

宇治一介が首肯した。

徒目付の控えは目付部屋の真上になる。そこに役目に出ていない者は詰め、いつでも目付の呼び出しに応じられるようにしていた。

徒目付は五十人内外が任じられ、四人の組頭によって統率された。もっとも徒目付組頭は御玄関左の当番所の奥に詰めており、徒目付控えに来ることはほとんどなかった。

「御一同……」

宇治一介が城島の命を残っている徒目付一同に披露した。

「なるほど。お役目を均等に与えるか」

「よいことだな。お役目をもらえぬと手柄が立てられぬ」

徒目付は百俵五人扶持と決められているが、そのほとんどが百俵以上であり、吉宗の足高《たしだか》の恩恵は薄かった。目付の配下であるため、手柄は担当した目付のものになってしまうが、それでも恩恵はある。その目付が出世したときに、引き抜いてくれるからだ。それこそ、その日の米にも困る百俵内外の徒目付にしてみれば、長崎奉行や佐《さ》渡《ど》奉行などへ転じていく目付に引っ張られて、余得のある遠国《おんごく》奉行の与力にでもなれれば、大いに生活は楽になる。

「拙者が記すゆえ、申告をしてくれ」

宇治一介が筆を持った。

「…………」

安本虎太と佐治五郎が目で遣り取りをした。宇治一介のもとへ集まる徒目付たちとは逆のほうへと動き、密談に入った。

「どうやら芳賀と坂田のやっていることに手を出すようだな」

「うむ」

二人が顔を見合わせた。一度もしてこなかった調べが始まる。裏があると言っているに等しい。

「どうする。昨夜の佐藤の話もある」

昨日、屋敷へ帰って妻女から佐藤猪之助の来訪と会いたいとの要求を聞いた安本虎太は、八丁堀まで出向き、報告を受けていた。

「佐藤もやりすぎだ。町奉行所の同心とは、あれほどにしつこいものなのか」

佐治五郎が苦い顔をした。

「北へ移る手土産代わりの手柄が欲しいのだろうが、己が目立ってはの」

安本虎太も小さく首を振った。

「切り捨てるか」

「……ううむう」

佐治五郎の言葉に安本虎太がうなった。

「切り捨てたいとは思うが、佐藤がそのとき我らの名前を出して騒ぎたてるかも知れぬぞ」

「それはまずい」

やけになった者は破滅するなら一蓮托生《いちれんたくしょう》と他人を巻きこむことが多かった。

佐治五郎が震えた。

「猶予はどれくらいあると思う」

「ここに徒目付の全員がいるわけではないからな。宇治が認《したた》めている書付が完成するまで三日はかかろう」

徒目付も基本は当番、宿直《とのい》番、非番を繰り返す。実質二日で徒目付控えに顔を出すことになるが、なかには泊まりで探索に出ている者もおり、その分も考えれば三日で締め切られるだろうと安本虎太は推測した。

「今届け出ておかねば疑われるの」

「ああ」

二人が腰をあげた。

「宇治どの、拙者らもお願いする」

「おう、いつだ」

安本虎太の要望に宇治一介が応じて、記載をした。

「さて、一回りするか」

「ならば、納戸御門まで一緒に行こう」

徒目付控えを出ようとした安本虎太に、佐治五郎が声をかけた。

「おう、いいぞ」

うなずいた安本虎太に佐治五郎が付いて、徒目付控えを後にした。

「……虎太、やるか」

他人目《ひとめ》のないところまできたところで、佐治五郎が低い声を出した。

「佐藤がいなくなれば、我らは安泰だな。たしかに」

安本虎太も口にした。

「ただ、佐藤を殺したのが我らだとわかっては、身の破滅だ」

どう言われようが、徒目付は監察側なのだ。監察が町奉行所の役人を己の都合で殺したとばれれば、改易のうえ切腹であった。

「しかし、あやつが我らの首を押さえているのだぞ」

佐治五郎の言い分も正しかった。

「宇治に話を持ちかけたお目付が、佐藤までたどり着くと思うか」

「…………」

安本虎太の問いに、歩きながら佐治五郎が考えた。

「芳賀と坂田、あの二人次第ではないか」

佐治五郎が答えた。酷使されたうえに、役立たずとして外された二人の徒目付は、上司の芳賀と坂田に敬称を付けなくなっていた。

「拙者もそう思う。目付によって尋問された芳賀と坂田がどこまでしゃべるかで話は変わろう。田野里の家臣手討ちのことまで行けば、確認のため佐藤から聴取をするだろうな」

「そこまではいくまい」

「ああ。お目付衆は気が短い。そこまで手を広げずとも、芳賀と坂田の二人を罪に落とすことはできる。そして、目付在任中の罪への咎は……」

「切腹」

安本虎太の言わなかったことを佐治五郎が告げた。

「ようは、芳賀と坂田を排除したいだけだろう、今回の調べは」

伊佐美たちの思惑を安本虎太は見抜いていた。

「となれば、軽々に動くのは賢い選択ではないな」

「ああ。佐藤をうまく始末できたとしても、町奉行所の探索は止まぬぞ」

佐治五郎の考えに安本虎太も同意した。

町奉行所の役人は外からの害意には一枚岩となる。とくに与力、同心が殺害されたときは、南北にかかわりなく、総力を挙げて下手人を探す。

「城下で噂になるのもまずい」

佐治五郎がため息を吐《つ》いた。

目付のもとには、町奉行所から町方書上《かきあげ》という文書が出され、江戸城下の状況が報される。もとは火事場臨場をする目付のためのものであったが、権力を持つ者が拡大解釈をするのは世の常であり、いつのまにか火事だけでなく、人殺しや強盗についても記入されるようになっていた。

他にも徒目付の一部、小人目付、黒鍬者《くろくわもの》など、目付の配下が江戸城下で役目を果たしており、そこから目立つような噂は目付のもとへもたらされた。

「佐藤を片付けるのは悪手《あくしゅ》だな」

佐治五郎が述べた。

「だが、選択肢として捨てるべきではないぞ。いざとなれば……」

険しい表情で安本虎太が断じた。

「わかっている」

静かに佐治五郎も同意した。


屋敷で来客との面談を終えた老中首座堀田相模守の前に用人の瀬川が進み出た。

「どうした」

堀田相模守が瀬川に問うた。

「一つお報せせねばならぬことがございまする」

「申せ」

家臣からの言上は許しを得なければならない。堀田相模守が瀬川を促した。

「本日、浅草の両替商分銅屋がわたくしのもとへ参りましてございまする」

「両替屋が……当家とどうかかわるのだ。当家で銭と小判の両替など要ったか。それとも新たな御用商人を作らねばならぬほど、財政が逼迫《ひっぱく》したと」

堀田相模守が首をかしげた。

「借財の話ではございませぬ。じつは……」

主の懸念の払拭《ふっしょく》も含めて、瀬川が分銅屋仁左衛門との遣り取りを語った。

「なんじゃ、その出入りというのは。金をもらっているかどうかで対応を変えるなど、江戸の治安を預かっている町奉行所として恥ずかしいと思わぬのか」

最初に堀田相模守が引っかかったのは、出入りであった。

「まさに仰せの通りでございまする。しかし、町奉行所の役人は薄禄《はくろく》でございまする。同心にいたっては三十俵二人扶持、これは金にして十二両にしかなりませぬ。その同心がこの広大な江戸の治安をわずか二十人足らずで守っておりまする」

「少ないの」

人数に堀田相模守が驚いた。

「はい。そこで同心どもは己の懐から金を出して、配下を雇い、人員不足を補っておりまして……」

「待て、それは御上が何度も禁止している御用聞きというものではないだろうな」

瀬川の話を堀田相模守が止めた。

「御用聞きは弊害が多いゆえ、止めるようにと御上から町奉行所へ通達が出ているはずじゃ」

　堀田相模守が言った。

　町奉行所役人の手足となって働く御用聞きは、どうしても江戸の闇と近づく。そうしないと闇のなかに潜んだ下手人や無宿者を見つけにくいからという理由はあったが、なかには博徒が十手を預かっているという二足の草鞋《わらじ》もあり、十手を利用して己の悪事を隠したり、その権威を振りかざして庶民に難儀を仕掛ける者もいた。

　その弊害の大きさに、幕府は御用聞きを禁じていた。

「仰せの通りではございますが、そのようにしていては、江戸の治安を守るには手が足りませぬ。もちろん、御上の御法度に触れているとはわかっておりますゆえ、重々吟味したうえで雇い入れておりまする」

　用人は世事に長《た》けている。瀬川がうまく説明をした。

「弊害よりも利が多いか……」

　幕府中興の祖として讃《たた》えられる吉宗に見いだされただけあって、堀田相模守も頭が固いだけの大名ではなかった。

「本来は、そのような者を遣わずとも、譜代の者だけでやっていけるだけの禄をくれてやるべきなのだろうが……不浄職への加増は、反発が出る」

町奉行は旗本垂涎《すいぜん》の役目であるのに、その配下たちは武士として見られないほどの差別を受けている。いわば、幕臣で最下級である。その町奉行所の役人に経費としての家禄を与えたら、同じような境遇の大番組同心や、先手組同心たちが反発する。

「不浄の者が加増を受けるなら、戦場で徳川の先鋒《せんぽう》、あるいは中心として戦う名誉ある我らには、それ以上の恩恵あってしかるべし」

幕府は武士によって成りたつ。そして武士は戦う者であり、槍働きこそ誉れとされている。十手で城下の平穏を守るより、戦場で敵を突き殺すほうが偉いのだ。

「そこまでできるほどの金は幕府にない」

吉宗の倹約と努力のおかげで、江戸と大坂に百万両をこえる備蓄はできた。百万両といえばとてつもない金額だが、一度大火が起これば、復興で吹き飛ぶ。

「大名、旗本の苦難はわかっているが、ない袖は振れぬ」

小さく堀田相模守が首を振った。

「話が逸れたな。それで」

堀田相模守が話をもとに戻した。

「……ということでございました」

「金を取っておきながら、働かぬどころか、商売の邪魔をする。その苦情を南町奉行所へ言った帰りに、そなたを訪ねてきたと。なるほどな、町奉行所への脅しか」

瀬川の話を聞いた堀田相模守が分銅屋仁左衛門の目的を理解した。

「分銅屋は五十両置いて参りました」

「儂《わし》を隠れ蓑《みの》にしたのだ。それくらいは当然だな」

正直に告げた瀬川に、堀田相模守が述べた。

「しかし、おもしろい男だの、その分銅屋と申す両替商は。使いようによっては、役に立つかも知れぬ」

「ご賢察でございまする」

主の言葉に、用人も同意した。

「少し調べよ。使えそうならば、当家の出入りとせい」

「両替商をでございますか」

瀬川が驚いた。

「金はいくらあっても足りぬ。とくに政《まつりごと》をするには、いくらあっても十分ではない。財布はいくつあっても困るものではなかろう」

堀田相模守が口の端をゆがめた。

徒目付たちの報告を受けた城島は、それを手に伊佐美、山口と話をしていた。

「このなかに、おぬしたちの任を受けた者はおるか」

「乾《いぬい》は拙者が使った」

「拙者は時田《ときた》を」

伊佐美と山口が答えた。

「うむ。拙者はない」

手にした筆で、城島が名前の出た徒目付の上に線を引いた。

「残りは八人か」

城島が残った名前を数えた。

「なにをいたしておる」

当番目付が近づいてきた。

「おぬしにはかかわりない」

冷たく伊佐美が拒んだ。

「そう言うな。なんだ、その書付は」

伊佐美を乗りこえて当番目付が城島の手元を覗きこんだ。

「……徒目付の名前か。おおっ、先月末に吾が使った栖本《すもと》の名前もあるではないか」

さりげなくというより、無理矢理当番目付が食いこんできた。爪弾《つまはじ》きにされるのはまずいと気づいたのだ。

「……わかった」

伊佐美があきれながらも、当番目付の加入を認めた。

「残りは五人だな」

あらためて城島が数えた。

「この書付を借りてよいか」

当番目付が城島に訊いた。

「ふむ、たしかに当番目付が書付を持って回るのは不思議でも何でもないな」

執政衆の通達を目付たちに伝えるのが当番目付の役目であった。

「芳賀と坂田以外に問えば良いのだろう」

「そうだ」

当番目付の確認に、伊佐美が首肯した。

「ならば、容易なり」

すっと当番目付が立ちあがった。

目付部屋の異常に芳賀と坂田が気づいた。

「みょうだな」

「ああ」

二人が目を合わせた。

もともと目付は群れない。同じ目付部屋にいても、ほとんど会話をかわすこともなく、黙々と書付の処理をしている。人が入ってくれば一瞬見るが、他の目付だとわかれば興味を失う。

それが芳賀と坂田のときだけ、目の離れるのが遅いのだ。

「まずい気がするの」

「だの。一度探ってみるか」

「ならば拙者は町奉行どもに話を訊いてこよう。漏れるとしたら、そこしかなかろう」

「では、吾は他の目付に注意を払おう」

芳賀と坂田がうなずき合った。

二人がやっていることは、大御所吉宗の遺志を無に帰すものである。それが幕府にとって悪であると証明できる前にことがあきらかになれば、ただではすまなかった。

「当番目付を仲間に引き込むか」

芳賀と別れた坂田が当番目付のほうを窺った。

当番目付は朝から夕刻まで、厠《かわや》に行く以外は目付部屋に控えている。目付部屋でなにがおこなわれているかをもっともよく知っている。

「……当番どのよ」

坂田が当番目付に呼びかけた。

「なんじゃ、坂田」

調べている相手から声をかけられたていどで動揺するようでは、目付としてやっていけない。動揺を微塵《みじん》も見せず、当番目付が坂田に応じた。

「最近、なにかござったか」

坂田が問うた。

「なにか……当番目付として受けた通達もとくにないぞ」

問われた当番目付が首を横に振った。

「どうかしたのか」

今度は当番目付が尋ねた。

「…………」

坂田が周囲に気を配った。

「ここではなんだ。上に行こう」

遠巻きに見ている目付たちに坂田が当番目付を誘った。

「おかしなことを言うの。当番目付は、用なく席を離れてはならぬ決まり」

いつ執政衆から通達が来るかも知れないのだ。それを当番目付はかならず受け取らなければならない。どれだけ他の目付がいても、通達は受け取ってくれなかった。

「ほんのしばしなれば、大丈夫だろう。実際ここ何日も通達は来ておらぬ」

少しの間ならば問題ないと坂田が告げた。

「そなた、儂を咎めさせる気か」

当番目付がいなければ、執政からの通達は受け取れない。もし、急を要する通達であったら、当番目付がいなかったために問題が発生するときもある。そうなったら、当番目付の責任となった。

「……それは」

坂田が詰まった。

「ここで話せ」

強い口調で当番目付が命じた。

「いや、もういい」

「こちらはよくないぞ」

逃げようとした坂田を当番目付が制した。

「職務じゃ」

「むっ」

目付の職務は、老中でも邪魔はできない。当番目付でも坂田に強制はできなかった。

「邪魔をした」

逃げるように坂田が離れていった。

「しくじった……」

目付部屋を出た坂田が舌打ちをした。

芳賀は城中芙蓉《ふよう》の間へと急いだ。目付は城中巡回も職務の一つになる。将軍御休息の間と御用部屋、大奥を除いたどこにでも足を踏み入れられる。

「…………」

黒麻の裃《かみしも》を着て、廊下の左を肩で風切って早足で歩く姿は、どこから見ても目付と一瞬でわかる。それを見た大名、旗本がそそくさと道を譲る。

職権で足留めをされていない限り、そこまで気を遣わずともよいのだが、行き当たって難癖を付けられる原因を作ってはたまらない。一つまちがえば、己だけでなく、家臣たちまで路頭に迷う羽目になる。目付の進む道に立ちはだかる者はいなかった。

町奉行は朝の五つに登城して、昼八つまで芙蓉の間で控える。寺社奉行、勘定奉行とともに三奉行といわれ、幕政に参加できるとされるのは、あくまでも格段の事情があるときだけで、普段はなにもすることはない。事実吉宗が大御所となり、家重が将軍となった延享《えんきよう》年間に、三奉行の会合は二度しか開催されていない。一度目は延享元年（一七四四）六月四日におこなわれた古金銀運用の件と、延享二年閏《うるう》十二月二十六日の金銀公事取りさばきについてである。ちなみにこの二件とも勘定奉行の申し立てによって開かれたもので、最初は評定所へ移動したが、二度目は黒書院でおこなわれた。

考えてみればわかるが、寺社奉行も勘定奉行も、その職権は全国に、天下に及ぶのに対し、町奉行の管轄は江戸の城下、しかも深川や品川《しながわ》など力の及ばないところがある。

町奉行の地位は政においては、それほど高いものではなかった。

「目付入るぞ」

芙蓉の間の前で、芳賀が宣した。

無断で襖を開けても問題はないが、芙蓉の間には奏者番《そうじゃばん》、寺社奉行、大目付、留守居などの役人のなかでも格の高い者も在している。別段、大目付が目付の上司だというわけではないが、権をひけらかすのは控えるべきであった。

「……………」

誰も声を発しないが、冷たい目で目付を迎える。監察とは人に嫌われるのも仕事の一つであるが、やはり大勢の悪意を浴びるのは、気持ちの良いものではなかった。

「山田肥後守、能勢《のせ》肥後守」

芳賀が名前を呼んだ。

「黒書院控えまで参れ」

密談場所として設けられている黒書院控えの間へ来いと芳賀が指示した。

「承知」

「うむ」

ともに役目でいけば目付よりも格上になる。が、町奉行を呼びつけるだけの権を目付は将軍より与えられている。

山田肥後守、能勢肥後守にも拒否はできなかった。

黒書院は、勅使や院使の目通り、役人の任免罷免、あるいはその報告を受けたり、格式ある大名や高禄の旗本が家督相続のお礼を言上したりという重要な行事がとりおこなわれる場所であった。控えは本来、そのための用意をするための場所であるが、黒書院の端から庭へ突き出したような形をしていることで、他人が近づきにくく、なかの様子を知りにくいため、密談の場所として使用されていた。

「何用じゃ」

黒書院控えに入った山田肥後守が不機嫌丸出しの声で問うた。

「我らとて遊んでおるわけではないのだ。さっさと話せ」

能勢肥後守も芳賀にきつく当たった。

「分銅屋の件だ」

芳賀が告げた。

「言われたとおりにしておるぞ」

「余もだ」

二人の肥後守が変化はないと応じた。

「真《まこと》か。どうも妙な気配がしておるのだが」

じっと芳賀が二人を見つめた。

「分銅屋へ手出しはするなと配下どもに命じてある。それは変わらぬ」

山田肥後守が胸を張った。

手出しの意味は二つあった。分銅屋仁左衛門に被害が及ぼうとも知らぬ顔をしろという芳賀の命が一つ、もう一つは町奉行所が分銅屋仁左衛門になにかをするのは禁じるという山田肥後守らのものが一つだ。

山田肥後守の意味は芳賀のものと違っていたが、偽りを言ってはいなかった。

「北町奉行所はもともと分銅屋仁左衛門とは決別しておる。手助けをするはずはない」

能勢肥後守も続いた。

これもやはり二つの意味があった。分銅屋仁左衛門への手助けはしないというのと、分銅屋仁左衛門に手出しをした者の手助けはしないとの意味である。

能勢肥後守も嘘を吐いてはいなかった。

「他の目付からなにか言われてはおらぬか」

「ない」

「同じくないな。気になるなら、芙蓉の間で訊いてみるといい。他の目付は芙蓉の間に近づいても来ぬ」

二人が首を横に振った。

「なにか分銅屋仁左衛門について、新たに知ったことはないか」

質問を芳賀が変えた。

「新たに……ないな。北町奉行所は何度も言うが、分銅屋仁左衛門とは絶縁している」

きっぱりと能勢肥後守が否定した。

「山田肥後守、おぬしはどうだ」

「一つだけあるな。つい、先日わかったばかりだ」

芳賀の問いに山田肥後守が述べた。

「それはなんだ」

ぐっと芳賀が身を乗り出した。

「分銅屋が、老中首座堀田相模守さまのお屋敷に出入りした」

「なんだと」

「それは……」

山田肥後守の答えに、芳賀が絶句し、関係ないはずの能勢肥後守まで息を呑んでいた。

「疑うなよ。南町奉行所の者がその目で確認している」

もう一度山田肥後守が念を入れた。

「……………」

芳賀が言葉を失っていた。

「今までの調べで、堀田相模守さまとのかかわりは見つけられなかった。というより、そなたに分銅屋仁左衛門のことを言われるまで、真剣に調べてはいなかったために気がつかなかったのだろう」

手抜かりだと言われないように、山田肥後守が命じられる前までの責任は取れないと宣した。

「これでよいな。今後も分銅屋には手出しせぬ」

「余も同じじゃ」

立ちあがった山田肥後守に、能勢肥後守が追従した。

「目付、分銅屋が堀田相模守さまになにを申したのか、そこまではわからぬが……身のまわりを綺麗にしておいたほうがよいのではないかの」

山田肥後守が言い残して、黒書院控えから出ていった。

「老中首座さまともあろうお方が、武士の根本を揺るがすものに手を貸すはずはない」

一人になった芳賀が食いしばった歯の間から呟いた。

「……堀田相模守さまは、大御所さまのご遺言のことをご存じないのではないか」

芳賀がふと思いついた。

「田沼主殿頭を見張っていた我らだからこそ気づけた。米から金への堕落。これを知られれば、堀田相模守さまもその危険さにお気づきになるはずだ」

吉宗が改革の一手とした一定の米を上納する代わりに、江戸在府の期間を半分にするという上米令《あげまい》は、幕府の財政を一気に改善したが、無茶な手法であったため、数年で廃止されていた。それほど武士は米にかんして一途《いちず》な想いを持っている。もし、明日から一万石ではなく、五公五民で精米の手間賃を引いた残り四千五百両を禄として与えると幕府が言い出せば、謀叛《むほん》が起こっても不思議ではなかった。

すっと芳賀が立ちあがった。

「坂田と相談せねばならぬが、なんとかして堀田相模守さまとお会いせねばならぬ。お会いして、田沼主殿頭と分銅屋の謀叛とも言うべき企《たくら》みをお報せする。老中首座さまが味方に付いてくれれば、我らの勝ちは決まる。たかがお側御用取次と両替商など、老中首座さまの前では塵芥《ちりあくた》も同然。説得してみせようぞ」

芳賀が、決意を表情に浮かべて黒書院控えを後にした。

〈つづく〉

本書は、ハルキ文庫のための書き下ろし作品です。

時代小説文庫
う 9-5

日雇《ひやと》い浪人生活録《ろうにんせいかつろく》㊄ 金《かね》の邀撃《ようげき》

著者 上田秀人《うえだひでと》

2018年 5月18日第一刷発行

発行者 角川春樹

発行所 株式会社 角川春樹事務所
〒102-0074 東京都千代田区九段南2-1-30 イタリア文化会館

電話 03(3263)5247[編集] 03(3263)5881[営業]

印刷・製本 中央精版印刷株式会社

フォーマット・デザイン&シンボルマーク 芦澤泰偉

ISBN978-4-7584-4162-9 C0193

http://www.kadokawaharuki.co.jp/[営業]
fanmail@kadokawaharuki.co.jp[編集] ご意見・ご感想をお寄せください。